AF208618

Unheimliches für die Kohte
3

Peter Kehrbusch

Der kopflose Narr

Dieses Pfingsten spielte das Wetter mit. Den ganzen Tag über schien die Sonne. Es war warm und trocken. Die Pfadfindersippen vom Stamm Luchs waren nach einer kurzen Wanderung hier an der Burgruine angekommen.

Die Ruine lag ein wenig abseits. Sie war, wenn man von ein paar Brombeerhecken und den Brennnesseln absah, der perfekte Lagerplatz für den Stamm Luchs. Gleich bei der Ankunft war auch jemand in sie hineingefallen. Hier wollten sie zwei Tage bleiben. Die Ausrüstung, sogar die Spielekisten und das Brennholz, waren bereits mit VW-Bussen herangekarrt worden.

Die Pfadfinder hatten ihre Zelte im Halbkreis vor einem der spärlichen Mauerreste aufgestellt. Das letzte Abendrot stand am Himmel, sie saßen ums Lagerfeuer und die Flammen des Feuers flackerten an den Mauerresten. So romantisch hatten die Älteren sich das vorgestellt.

Über dem Feuer hing ein Kessel mit Tschai, einem stark gewürzten Kinderpunsch, der jetzt ausgeschenkt wurde. Bei den Älteren kreiste noch eine Rotweinflasche, um ihn zu einer „Erwachsenenversion" zu machen. Mehrere Gitarrenspieler lasen die Texte und Akkorde zu den Liedern auf Handys ab. Die Handys tauchten ihre Gesichter in ein bläuliches Licht.

Zwei der kleineren Mädels hatten sich zusammen in einen hellblauen Daunenschlafsack gekuschelt und versuchten, mit einer Stirnlampe bewaffnet, mitzusingen. Sie quengelten schon geraume Zeit, dass endlich das Lied „Der Rabe" gesungen würde. Schließlich erbarmte sich einer der Gitarrenspieler. „Damit Ruh' ist!"

Genau diese zwei Mädels wollten dann auch eine Gruselgeschichte hören. Der Ältere, der sie erzählen sollte, wollte erst nicht so recht. Er wollte sie eigentlich erst am zweiten Abend erzählen. Man durfte ja sein Pulver nicht zu früh verschießen. Denn er hatte nicht nur eine Gruselgeschichte, sondern die Gruselgeschichte zu dieser Burg! Aber die Gelegenheit war günstig.

Angeblich hatte in dieser Burg einst ein Ritter dem Hofnarren den Kopf abgeschlagen. Weil der einen schlechten Witz gemacht hatte. In Folge dessen würde eben dieser Narr des Nachts hier herumspuken und von jedem, den er trifft, einen Witz verlangen. Würde man es dann nicht schaffen, ihn zum Lachen zu bringen, dann würde Narr einem den Kopf abschlagen.

Außerdem gab es da noch das Motto des Rittergeschlechts von dieser Burg. Es lautete „Nicht in tausend Jahren". Ob das so stimmte, wusste keiner mehr, aber der Spruch war hier in einen Türstock eingemeißelt. Das schrie ja förmlich nach einer Neudichtung. Und dann hatte er eine richtig gute Idee. In der Spielekiste befand sich schon seit Jahren eine grüne Narrenkappe mit vielen kleinen Schellen daran. Wenn er nun die Gruselgeschichte von dem Narren erzählen würde und bei der Nachtwanderung würde jemand mit der Narrenkappe auftauchen oder auch nur mit den Schellen durch den Wald hüpfen, könnte das der Spaß des Jahrhunderts werden.

Die Geschichte hatte er natürlich schon vorbereitet und geübt. Es sollte ja alles nachvollziehbar und glaubwürdig sein. Außerdem durfte man auch nichts Wichtiges vergessen. Sie durfte auch ein bisschen brutal und blutrünstig sein. Aber nicht zu viel - es gab ja auch jüngere Zuhörer. Der echte Ritter hieß Kunibert, aber das klang nicht gut genug. Deshalb hieß der Ritter in seiner Geschichte Ritter Egbert. Und eben dieser Ritter Egbert war nun der grausamste Herrscher weit und breit.

Er ermordete einen verfeindeten Ritter, den er zufällig bei einem Ausritt traf. Und zwar beim Baden im Fluss. Ganz klar, der andere Ritter hatte also weder Rüstung noch Schwert. Und damit es keine Zeugen gab, ermordete er den Knappen gleich mit. Er ritt ihn nieder und erstach ihn anschließend mit dem Schwert. Das war blutrünstig genug.

Dann warf er alles in den Fluss, um seine Spuren zu verwischen.

Zurück auf der Burg wartete Ritter Egbert gespannt auf die Nachricht, dass der Feind tot war. Als es schließlich soweit war, goss er sich einen Becher Wein

ein und verlangte nach dem Hofnarren, er möge ihm einen Witz erzählen. Der Narr erzählte, dass es neuerdings üblich sei, sein Schwert in einen Knappen zu stecken, anstatt in eine Scheide. Der Fluss habe ihm das erzählt. Ritter Egbert fühlte sich ertappt, zückte sein Schwert und schlug dem Narren mit einem Streich den Kopf ab. Voller Zorn nahm er nun den Kopf samt der Narrenkappe und lachte auf: „Ha, das hast du nun davon!"

Aber der Kopf redete weiter. Kaum hörbar formten die Lippen des Narren Worte: „Dafür fordere ich deinen Kopf!". Doch Egbert sagte: „Nicht in tausend Jahren!" Den Körper des Narren ließ er in die Kirchengruft schaffen, den Kopf aber nahm er mit, damit er niemandem etwas erzählen konnte. Seitdem blieb der Kopf verschwunden.

Und deswegen würde hier der kopflose Narr tausend Jahre lang auf der Suche nach Ritter Egbert herumirren und von jedem, den er trifft, einen Witz verlangen. Könne man ihn dann zum Lachen bringen, sei man offensichtlich nicht Ritter Egbert. Könne man das aber nicht, würde er einem den Kopf abschlagen.

Die Geschichte war gelungen und schlug ein wie eine Bombe. Genüsslich machte er noch die Bemerkung, dass man nachts immer einen Witz parat haben sollte. Man weiß ja nie...

Die zwei Mädels im blauen Schlafsack trauten sich schon gar nicht mehr auf die Toilette. Da sagte der Pfadfinder, dass sie doch Frauenköpfe hatten. Also brauchten Sie nichts zu befürchten. Sie trauten sich trotzdem nicht.

Natürlich diskutierten einige der coolen Jungs, ob der Narr überhaupt wusste, dass Ritter Egbert der Täter war. Der Pfadfinder kommentierte das nur mit einem vielsagenden „Vielleicht".

Erst mitten in der Nacht erzählte er, dass die Geschichte nicht stimmen würde. Die coolen Jungs brüsteten sich gleich damit, dass sie das natürlich schon die ganze Zeit gewusst hatten.

Aber der Pfadfinder meine dazu, in Wahrheit suche nämlich der Narr seinen Kopf, weil der Ritter ihn gestohlen hatte. Und schon herrschte wieder betretenes Schweigen in dieser Ecke.

Einer der coolen Jungs musste dann doch Pipi machen. Die ersten paar Bäume bei der Ruine sahen auch zu verlockend aus. Da wollte er hin. Er stutzte. Der Narr. Kannte er einen Witz? Also, falls es darauf ankäme. Er schüttelte die Angst ab.

Dachte er.

Er fühlte sich beobachtet. Die feinen Härchen in seinem Nacken richteten sich auf. Es fühlte sich so an, als ob ihn jemand hinter ihm stehen würde. Hastig drehte er sich um.

Da war niemand.

Tief atmete er durch und stellte sich vor einen der ersten Bäume. Er ärgerte sich nochmal über sich selbst, weil er sich von einer Geschichte so viel Angst einjagen ließ. Wie kann man nur so kindisch sein? So eine blöde Geschichte. Ein Geisternarr, der einen Witz hören will. Vor allem, wie will er einen denn finden? So ohne Kopf und Augen und Ohren und so? Der konnte ja weder was hören noch sehen. Es wäre doch viel logischer, wenn der Narr von irgendwas angelockt werden würde. Oder etwas für sein Erscheinen sorgen würde. Ein Lachen zum Beispiel. Ja, das wäre eine echt gruselige Geschichte: Der Ritter hatte dem Narren den Kopf abgeschlagen und gestohlen. Deswegen würde der kopflose Narr hier nachts herumlaufen und den Ritter suchen. Wenn er ihn dann findet, schlägt er ihm den Kopf ab. So wie der Ritter ihm den Kopf abgeschlagen hatte. Oder noch besser: Er setzt sich dann den Ritterkopf auf. Als Ersatz sozusagen. Erst dann ist der Spuk beendet. Weil der Ritter gelacht hatte, als er ihm den Kopf abschlug, erscheint er, wenn jemand lacht. Jetzt kann er ohne Kopf aber nichts sehen und hackt eben solange Köpfe ab, bis er den richtigen findet. Ja, das war gut. Die Geschichte war noch viel besser als die vom Lagerfeuer. Und viel logischer. Warum erzählte nicht er die Gruselgeschichte?

Alle Angst und Anspannung waren verflogen. Aber der Druck auf die Blase war unerbittlich. An diesem Baum hier wollte er sich erleichtern. Wieder dachte er an die Geschichte. Ein kopfloser Narr. Wer glaubt denn sowas? Er schüttelte ungläubig den Kopf und musste kurz über sich selbst lachen.

Das schneidende Geräusch des Schwerts war kaum zu hören. Der abgetrennte Kopf glitt von seinen Schultern und fiel sofort zu Boden, dann sackte der Körper zusammen. Sein junges Herz schlug noch einige Schläge weiter. Was hätte es auch anderes tun sollen? So lange noch genug davon da war, spritzte in zwei kleinen Fontänen schwarzes Blut aus dem Hals. Im Mondlicht sieht Blut immer schwarz aus.

Der kopflose Narr hatte direkt hinter ihm gestanden. Schon die ganze Zeit. Sein verdorrter Körper hielt in der einen Hand das Schwert des Ritters Kunibert. Langsam kniete er sich nieder. Mit der freien Hand tastete er auf dem Boden nach dem abgeschlagenen Kopf. Als er ihn fand, packte er ihn bei den Haaren. Aus der Nase und dem Mund tropfte schwarzes Blut. Die Augen schielten leicht und blicken ins Leere.
Der kopflose Narr setze ihn auf. Doch er passte nicht. Verärgert warf er den Kopf weg und ging.

Peter Kehrbusch

Die Quelle

„Weg da!" Unsanft schubste ich ein kleines Mädchen zur Seite und tauchte meine Hände in die Quelle. Die Mutter des kleinen Mädchens äußerte sich nicht ganz höflich über mein Verhalten. Die säuselnde, freundliche Stimme schien sie nicht zu hören. Aber das machte mir keine Angst. Die Angst kam danach.

Nach langer Zeit war ich hier in die tiefe Provinz zurückgekehrt, um die Hochzeit meines Cousins zu feiern. Mein Cousin und ich waren ein Jahrgang. Als wir noch Kinder waren, wohnten wir ziemlich weit voneinander entfernt, aber vor allem in den Ferien besuchten wir uns. In den großen Ferien war das sogar so, dass er ein bis zwei Wochen bei mir, also bei uns, zu Besuch war. Genau so blieb ich dann bei ihm, also bei meiner Tante und meinem Onkel. Wir sind immer noch beste Freunde. Und jetzt war er frisch verheiratet.

Die Hochzeitsfeier war gerade vorbei. Es war ein strahlender Sonntagmorgen. Nach dieser durchzechten Nacht und viel zu wenig Schlaf machte ich einen Spaziergang zu einer Quelle beim Ort. Mein Weg führte mich einen ausgetretenen Pfad über eine ausgedehnte Wiese zum Bach. Dort hatten wir als Kinder oft gespielt, wenn ich zu Besuch war. Ich hatte ein paar schöne Erinnerungen daran.

Die Sonne schien und es wurde bereits ordentlich warm. Es roch nach Gras und feuchter Erde. Die Quelle, sie hieß Drees, lag nur wenige Schritte vom Bachlauf entfernt. Es war alles sehr gepflegt. Das Gras war gemäht. Erst zum Bachlauf hin gab es Weiden und Büsche. Vor dem Drees stand eine massive Holzbank zum Rasten. Dazu gab es einen passenden Mülleimer, allerdings mit einer sehr unromantischen, blauen Mülltüte. Um die Quelle herum war der Boden mit Pflastersteinen befestigt. Der Quelltopf bestand aus einem Steinring. Das Material sah aus wie Sandstein, war aber etwas anderes. Die Öffnung in der Mitte hatte ungefähr den Durchmesser von gut einer halben Armlänge. Hier stieg aus einer Felsspalte im Boden ganz gemächlich Wasser auf, floss über eine kleine Kerbe im Steinring ab und bahnte sich als kleines Rinnsal seinen Weg zum Bach. Ich vermeinte mich sogar an ein gusseisernes Gitter über der Quelle zu erinnern, aber da war keins. Das Besondere am Drees war, dass das Wasser eisenhaltig und natursauer war. Aus dem aufsteigenden Wasser blubberten also ständig kleine Gasblasen nach oben und überall, wo das Wasser hingelangte, färbte es mit der Zeit alles rötlich oder orange. Das Rinnsal zum Bach war dadurch deutlich zu sehen.

Das Wasser war trinkbar. Manche hielten es sogar

für Heilwasser. Davon wollte ich mir einen Schluck gönnen. Jedenfalls schöpfte ich mit den Händen das Wasser und trank es. Dann lümmelte ich mich auf die Holzbank.

Viele Gedanken spukten durch meinen Kopf. Immer wieder bleiben sie bei Jenisch hängen.

Jenisch war gestern auch auf der Hochzeit. Inzwischen ist er steinalt. Früher, als Kinder, hörten wir ihm gerne zu, denn er wusste immer ein paar schaurige Geschichten zu erzählen. Er kümmerte sich um die Ortschronik und sammelte alle alten Geschichten aus dem Dorf und Fotos und alte Ackergeräte. Über den Drees wusste er auch einiges. Von ihm weiß ich, dass der Steinring um die Quelle noch von den alten Römern stammte. Noch früher, bei den alten Kelten, sei der Drees als Göttin verehrt worden. Den Göttern hätten die Kelten sogar Menschenopfer gebracht! Wir erzählen meiner Tante natürlich sofort, wie die alten Kelten Menschen kopfüber in großen Kesseln ertränkt hätten. Sie schimpfte anschließend mit Jenisch und verbat ihm uns solche Geschichten zu erzählen. Genützt hatte es nichts. Denn schon am Tag darauf hatten wir ihn wieder weichgekocht und ihm die nächsten Abscheulichkeiten entlockt.

Auf der Hochzeitfeier gestern hatte er eine kleine, wirklich gute und witzige Rede gehalten. Dann, wenige Gläser Wein später, hatte ich ihn mal auf die Schauergeschichten von früher angesprochen. Irgendwann kamen dann auf die Geschichte mit den Menschenopfern, die großen Kesseln ertränkt wurden. Er meinte, dass das nicht erfunden wäre. Viele Geschichtsschreiber hätten davon berichtet. Oft wären Menschenopfer mit dem Gedeihen einer Siedlung oder einer erfolgreichen Ernte verknüpft. Ich stichelte ein bisschen und behauptete, das sei doch eine elegante Möglichkeit, unliebsame Menschen loszuwerden. Verbrecher zum Beispiel. Da wurde er komisch. Er sah zur Decke und sprach mit gedämpfter Stimme. Mein Gedanke sei nicht falsch. Aber ein Gott würde sich damit nicht abspeisen lassen. Götter wollen keinen Abfall. Götter wollen etwas Besonderes. Vielleicht sogar nur Menschen, die besonders viel Leben in sich haben, die jung und gesund sind. Und wenn man es ihnen nicht gäbe, dann würden Sie es sich nehmen. Und niemand wolle einen unzufriedenen Gott. Janisch stand auf und ging. Ich glaube, er hatte Tränen in den Augen. Ich sah ihm noch lange nach. Hatte ich etwas Falsches gesagt?

Hier am Drees musste ich kurz eingeschlafen sein, denn gefühlt wenige Sekunden später spritzte ein kleines Mädchen, es war vielleicht sechs oder sieben Jahre alt, im Wasser herum. Ich blinzelte und blickte auf eine Frau. Sie war wahrscheinlich die Mutter, jedenfalls kam das mit dem Alter hin. Außerdem hielt sie die Schuhe des Mädchens in der Hand. Ich musste einen richtig schlechten Eindruck gemacht haben, denn die Frau beäugte mich argwöhnisch. Ich wollte eigentlich nur meine Ruhe, aber das Mädchen quietschte vor Vergnügen. Nach einigen Minuten schöpfte es mit den Händen Wasser aus der Quelle und trank es. Dann erklang ein leises Gurgeln aus dem Drees, gleichzeitig schäumte ein Schwall Gasbläschen heraus. Eine säuselnde Stimme schien aus dem Quelltopf zu steigen und über Quelle zu schweben. Das Mädchen stutzte. Seine Mutter schien die Stimme nicht zu hören.

Fast schlagartig wurde ich hellwach. Eine Erinnerung blitzte auf. Eine Erinnerung, die ich lange verdrängt hatte.

Marvin.

Nach all den Jahren konnte ich mich ganz klar an seinen Namen erinnern.

Wir waren damals so zehn oder elf Jahre alt. Ich war schon fast zwei Wochen bei meinem Cousin. Es war Hochsommer. Die Sonne schien, und es zog uns zum Bach. Der Versuch Rindenboote zu schnitzen war kläglich gescheitert. Aber den Damm vom Vortag wollten wir weiterbauen. Meine Tante warf uns raus und meinte noch, wir sollen nicht vor dem Abendessen wieder zurück sein. Dann trafen wir uns mit Marvin. Marvin war in unserem Alter und jetzt, in den Sommerferien, war ihm so langweilig, dass er uns buchstäblich auflauerte. Ich mochte Marvin nicht besonders, weil er immer alles bestimmen wollte. Trotzdem gingen wir zu dritt los.

Die beste Stelle, einen Damm zu bauen war da, wo das Wasser des Drees in den Bach einmündete. Der Bach war ja nicht tief, höchstens knietief an der tiefsten Stelle. Wir hatten sowieso kurze Hosen an, also zogen wir Schuhe und Strümpfe aus, ließen sie irgendwo am Ufer liegen und wateten barfuß im Wasser. Ich weiß nicht mehr warum, aber irgendwann spielten wir am Drees weiter. Es kam relativ wenig Wasser.

Dann hörte ich diese leise säuselnde, wunderschöne Stimme. Es war die Stimme einer Frau. Ich konnte die Worte nicht verstehen. Es war eine fremde Sprache, die ich nicht verstand. Sie schien mit Marvin zu sprechen. Der stand mit einem abwesenden Blick direkt vor der Quelle. Langsam beugte er sich vor. Sein Gesicht befand sich nun genau über der Quelle. Gebannt sah ich zu. Ich glaube, dass mir dann mein Verstand einen Streich gespielt hatte. Ich sah, wie sich das Wasser aus dem Quelltopf hob. Direkt vor Marvins Gesicht formte es eine Art silbrige Schale, in die sein Gesicht genau hineinpasste. Dann ging alles ganz schnell. Kopf voran und mit angelegten Armen stürzte Marvin in den Drees. Wasser spritzte hoch und schwappte heraus. Er stak mit dem Oberkörper bis zur Hüfte drin. Es blubberte, vermutlich schrie er unter Wasser. Er wand sich, zappelte, fuchtelte mit den Händen und strampelte wie wild mit den Beinen. Für einen kurzen Moment war ich wie gelähmt, dann rannte ich zu ihm. Ich wollte helfen, wusste aber nicht wie! Mein Cousin war ebenfalls nur ein paar Schritte entfernt und schrie wie am Spieß. Marvin verpasste mir einen Tritt an die Schulter. Ich taumelte zurück. Endlich hatte sich mein Cousin von seinem Schreck gelöst und stand neben mir. Wir packten Marvin irgendwie und versuchten ihn herauszuziehen, aber es ging nicht. Er schien sogar noch tiefer hineinzurutschen. Voller Verzweiflung zerrten wir an ihm herum, heulten und kreischten, doch das Einzige was geschah, war, dass Marvins Bewegungen immer langsamer wurden, bis sein Unterkörper völlig schlaff auf den Steinring sank. Völlig durcheinander rannten wir zurück ins Dorf, schrien um Hilfe, stammelten etwas von Marvin, doch der erste, den wir trafen, raunzte uns nur an, wir sollen sofort nach Hause gehen. In Windeseile hatte er ein paar Leute aus dem Dorf zusammengetrommelt, die dann zum Drees rannten.

Dann kann ich mich noch daran erinnern, dass Janisch unsere Schuhe und Socken vorbeibrachte, die wir am Bach liegen gelassen hatten. Er sagte, es sei ganz schlimm, weil Marvin im Bach ertrunken sei. Ich sagte, er sei doch in den Drees gestürzt, da gab er mir eine Ohrfeige. Marvin sei im Bach ertrunken. Wir sollten darüber kein Sterbenswörtchen mehr verlieren. Ich weiß nicht warum, aber ich hielt mich daran.

Am Tag darauf wurde ich abgeholt. Dann hatte ich Marvin vergessen. Bei meinem nächsten Besuch bei meinem Cousin war ein schweres Gitter über dem Quelltopf des Drees angebracht. Das Gitter musste im Laufe der Zeit wieder entfernt worden sein. Denn hier war kein Gitter. Aber diese Stimme, die ich schon mal gehört hatte, war wieder da. Genau in diesem Augenblick konnte ich sie hören.

Vor mir stand das Mädchen. Es schien der Stimme

aufmerksam zu lauschen. Langsam beugte es sich nach vorne. Das Wasser hob sich aus dem Steinring und formte eine silbrige Schale, in die das Gesicht des Mädchens genau hineinpasste. Ich sprang auf und schubste das Mädchen unsanft von der Quelle weg. Vielmehr stieß ich es sogar so, dass es hinfiel. Ich griff nach der Schale aus Wasser, doch die flutschte durch meine Finger nach unten, zurück in den Quelltopf. Wasser spritzte. Die Mutter brüllte mich an und fand sehr unfeine Worte für mich. Sie nahm das weinende und schreiende Mädchen beim Arm und zerrte es weg. Nicht ohne mich noch ein paar Mal anzufahren. Dann entfernte sie sich samt Tochter völlig empört in Richtung Dorf. Was hatte sie gesagt? Irgendetwas mit ‚was ich nur getan hätte'? Ich beachtete sie nicht weiter. Die säuselnde Stimme war verschwunden.

Im Drees stiegen kleine Bläschen aus der Tiefe. Gemächlich floss das Wasser über eine kleine Kerbe im Steinring ab und bahnte sich als kleines Rinnsal seinen Weg zum Bach.

Ich starrte noch einige Minuten auf die Quelle. Dann riss ich mich los und lief verwirrt zurück zum Dorf. Ich hatte ein ungutes Gefühl im Bauch. Alle Häuser sahen auf einmal so grau aus. Überall in den Gärten schienen sogar die Blumen zu verwelken.

Als ich im Dorf ankam, hatten sich einige Dorfbewohner auf der Straße versammelt. Und es wurden immer mehr. Ein, zwei davon hatten Holzlatten dabei, einer sogar einen Spaten. Aufgebracht schienen sie über etwas zu diskutieren. Die Frau, die ich für die Mutter des Mädchens hielt, hatte mich entdeckt und deutete in meine Richtung. Fast schlagartig wurden es still. Feindselig starrten sie mich an. In dem Moment hielt mein Auto neben mir. Der alte Jenisch saß am Steuer.

„Schnell, Steig' ein! Ich bring' dich aus dem Dorf! Deine Sachen sind schon im Auto!" Ich zögerte.

„Schnell! Es haben noch nicht alle mitbekommen!" Hektisch lief ich um das Auto und stieg ein. Jenisch fuhr mich aus dem Dorf heraus. Die Leute machten widerwillig Platz. Dann schlugen sie gegen die Scheiben, immer heftiger, dann waren wir vorbei.

Ich drehte mich um und blickte durch die Heckscheibe. Mit wutverzerrten Gesichtern liefen sie uns nach. Aus einigen Häusern kamen noch Leute dazu. Mit wachsendem Abstand wurden sie langsamer. Dann blieben sie stehen und sahen mir nach. Als das Dorf außer Sicht war, hielt der alte Jenisch an und stieg aus.

„Fahr' jetzt heim", sagte er. „Ich laufe zurück."

Ich nickte und setzte mich hinter das Steuer. Jenisch sah mich nochmal mit ausdruckloser Miene an.

„Du weißt nicht, was du getan hast!". Er drehte sich um und ging zum Dorf.

Peter Kehrbusch

Das Pochen

„Guckt mal, da pennt einer im Bach!" Überrascht hätte mich das nicht, denn es war brütend heiß und schwül. Markus kam gerade mit einer leeren Wasserkanne von der Schieferhalde zurück und hatte den Jungen im Bach entdeckt.

Damals bin ich ihm das erste Mal begegnet. Den Bildern nach war es so 1987 oder 1988. Mitten auf dem Gelände des Landheims in Klein-Weinbach. Es muss ein Samstag gewesen sein, denn ich war nur an Wochenenden da. Damals sah es noch etwas anders aus. Man kann es sich heute kaum noch vorstellen, aber das Hofmeisterhaus gab es so noch gar nicht. Wir hatten das alte Haus teilweise abreißen müssen, weil alles zu kaputt war. Und jetzt bauten wir es eben wieder auf. Es war später Vormittag. Ich weiß noch, dass jemand verzweifelt versuchte, ein Brot mit einem grottigen Fahrtenmesser in Scheiben zu schneiden.

Der Junge im Bach wurde gerade wach und machte einen verwirrten Eindruck. Ich kannte ihn nicht, aber vielleicht war er das erste Mal hier. Einer von den Jüngeren. Ich schätzte ihn auf zwölf, dreizehn, höchstens vierzehn Jahre, wahrscheinlich hatte ihn eine andere Horte mitgebracht. Jedenfalls machte er einen recht zünftigen Eindruck. Er lief barfuß, trug eine einfache, braune Hose, eine braune Lodenjacke und einen Hut. Er kletterte aus dem Bachbett, schlüpfte aus der Jacke und wrang sie tüchtig vor sich aus, bevor er sie über einen Haselstrauch zum Trocknen aufhing. Seinen Hut hing er dazu. Unter der Jacke trug er ein weites, weißes, eher hellgraues Hemd.

Auf dem bereits fertigen Fundament der neuen Mauer stand Michel schweißglänzend in der Sonne. Michel, heute einer von den alten Säcken, war damals so fünfzehn, sechzehn Jahre alt und noch etwas schlanker als heute. Etwas temperamentvoll winkte den Jungen herbei. „Hier wird sich net gedrückt! Komm her!"

Zuerst etwas schüchtern näherte sich Der Junge und wurde direkt von ihm eingespannt. „Wie heißt du?" „Johann!"

„Schnapp dir den Eimer und komm!"

„Was baut denn ihr?" „Das soll mal ein Gruppenest werden." „E Neschd?"

„Da können wir später zusammensitzen und drin übernachten." So hessisch, wie der Junge sprach, war er bestimmt von der Frankfurter Horte.

„Derf isch mitmache?"

„Du musst!"

„Aber wenn's pocht, muss isch gehe!" Den Satz verstand keiner so richtig. Bis kurz nach dem Mittagessen, ein paar Jungs hatten eine Brotzeit gerichtet, drang von weiter oben im Tal ein merkwürdiges, stampfendes, vielleicht auch klopfendes Geräusch zu uns. Es klang sehr dumpf und entfernt. Es war auch ziemlich leise, aber dennoch war es durchdringend und gut zu hören. Die Schläge pochten ein, höchstens zwei Mal in der Sekunde. Johann sprang hektisch auf, rief noch etwas Unverständliches zum Abschied, dann war er verschwunden, Wir sahen uns nur ratlos an. Ich zuckte mit den Schultern und sagte etwas wie: „Wenn es pocht, muss er halt gehen!" Hinter mir grunzte jemand.

Wir kümmerten uns irgendwie nicht weiter darum und gingen wieder an die Arbeit. Erst am Abend wurde gefragt, wo denn der Johann sei. Von den Frankfurtern kannte ihn aber niemand. Vielleicht war er ja gar nicht aus Frankfurt?

Die Woche darauf, am früheren Nachmittag, war er wieder da. Klatschnass stieg er aus dem Bach und hing seine Kleider wie zuvor zum Trocknen auf. Ich erkannte ihn sofort wieder.

„Du magst den Bach, oder?" Johann blickte mich nur strafend an und wrang seine Jacke aus. Später lieferten sich ein paar von den Jüngeren eine Schlacht mit frisch angerührtem Putz.

„Seid ihr bescheuert? Der Zement ätzt euch die Haut runter!" Johann hatte gut mitgemischt und dabei einige Treffer eingesteckt. Schmollend zogen die Jungs zum Bach und wuschen sich die grauen Schlieren von der Haut.

Als sie wieder hochkamen, frug ich ihn, ober er aus Frankfurt komme. Er schüttelte den Kopf. Er dürfe bei Herrn Weiss im Haus wohnen. Das sei einfach ein Stück hier am Bach entlang. Ich stutze. Talaufwärts gab es kein Haus. Zumindest hatte ich nie eins bemerkt. Oben auf der Halde stand eines. Aber das war meines Wissens nur ein Wochenendhaus. Mehr konnte ich nicht fragen, denn in dem Moment begann es wieder zu pochen. Johann schnappte seine Sachen vom Haselstrauch und verschwand den Bach entlang. Dort war alles zugewachsen, weshalb ich ihn schon nach wenigen Schritten aus den Augen verlor. Wie kam er da durch? War da nicht ein Zaun über den Bach gespannt?

Ein paar Jahre später gab es noch zwei Weinbacher, die Stein und Bein schworen, dass morgens einer da war, der Johann hieß. Der habe gesagt, dass hier Silber gewonnen wird. Er habe sie mitgenommen. Dort seien alle Hänge kahl. Es gäbe einen Damm und einen Mühlgraben und ein winziges Häuschen mit Wasserrad. Von dem Rad sollten sie sich fernhalten. Das sei gefährlich. Johann habe ihnen erklärt, wie hier in dem Häuschen mit Wasserkraft Erz gepocht, also kleingeklopft würde, aber nicht zu fein, damit sie im Winter Silber, Blei und Kupfer schmelzen könnten. Sie würden nicht viel gewinnen, aber der Fürst wolle weitermachen. Welcher Fürst? Johann wollte ihnen noch die Schmelze zeigen, doch dann sei ein Pochen zu hören gewesen. Johann sei verschwunden und sie hätten plötzlich im Wald gestanden. Wir glaubten ihnen kein Wort und suchten diese Hütte mit Wasserrad. Aber da war nichts. Da, wo der Mühlgraben sein sollte fanden wir nur eine verfallene Rinne neben dem Fußweg zum Kröllerweiher. Die ist ja bis heute noch gut sichtbar. Ich glaube, die beiden sprachen die Wahrheit.

Das Hofmeisterhaus war irgendwann fertig. Johann tauchte gegen Abend aus dem Bach auf. Einige wunderten sich, denn es war Herbst und kühl. Trotzdem lief da einer barfuß herum. Wir hatten es uns im Hofmeisterhaus für eine ordentliche Singerunde gemütlich gemacht. Johann war völlig fasziniert von dem hellen elektrischen Licht, das nicht flackerte. Ihm gefielen die Lieder und er sang mit, so gut es ging. Übrigens schien er, zur Verwunderung einiger, Schokolade nicht zu kennen. Er war glücklich. Doch gegen Mitternacht ertönte wieder das Pochen. Johann brach überstürzt auf und verschwand in die Nacht.

Das tollste war vielleicht der Kelter. Johann mochte den frisch gepressten Apfelsaft. Jedenfalls machten ein paar Pimpfe ein Mostwetttrinken, bis ihnen jemand sagte, dass der Most in so großen Mengen abführend wirke. Das Pochen bekam kaum jemand mit, allerdings dass Johann scheinbar aus heiterem Himmel wegrannte. Alle lachten, weil sie einen anderen Grund für seine Eile vermuteten. Irgendjemand rief noch etwas von vergessenem Klopapier hinter ihm her.

Irgendwann wurde der rote Traktor angeschafft. Johann hatte wahnsinnige Angst vor dem lauten Eisenpferd und traute sich erst Wochen danach in die Nähe. Wir lachten ihn kräftig dafür aus. Aber was für eine Freude war es für ihn, als er den Traktor einmal selbst fuhr. Ich erinnere mich noch, dass ihn ein Älterer anschnauzte, weil er barfuß fuhr. Dazu möchte ich nur sagen, dass später jemand den Traktor trotz Schuhen in Graben gefahren hatte.

Jahre später kam ich einmal schon freitagmittags an. Aber ich war gar nicht der erste. Vor dem Hofmeisterhaus wurde gerade ein Eichenstamm, den jemand vom Forst ergattert hatte, in Meterstücke aufgespalten. Johann half tüchtig mit. Dabei blickte er sich um und war völlig begeistert von den großen Bäumen, die überall herumstanden. Weiter oben, an der Schmelzhütte, gäbe es nur kleine, weil alles Holz gebraucht wurde. Für Stützbalken und als Brennholz, um das Erz zu schmelzen. Nach getaner Arbeit setzten wir uns auf die Bank beim Brunnen.

„Was passiert eigentlich, wenn du nicht gehst, wenn es pocht?"

„Ich weiß es nicht. Vielleicht darf ich dann nicht mehr gehen. Oder ich finde dann nicht mehr heim."

Im Leiermann, unserem Jahresheftchen, war vor einiger Zeit ein Bericht über den Bergbau bei Klein-Weinbach. Bei der Recherche fand sich eine Passage aus dem Kirchenbuch von 1720. In der wurde von einem tragischen Unfall berichtet, bei dem der Junge Johann Wilhelm Werth ums Leben kam, der „in der Klynweinbach auf Herrn Weisen Hütten wohnet, allwo der Jung vom Rad zerquetscht wurde".

Letzten Sommer führte mich mein Weg wieder nach Weinbach. Unterwegs hatte ich noch einen weiteren Weinbacher vom Bahnhof in Aumenau mitgenom-

men. Der wollte sich natürlich den besten Schlaf-
platz im Heu sichern. Nur wenige Augenblicke später kam er zurück und meinte, dass schon jemand
da sei. Einer von den Jüngeren. Ich sah ihm über die
Schulter und meinte nur, ob er ihn denn nicht ken-
ne. Das sei der Johann. Der gehöre hier dazu. Er
solle ihn herholen, denn ich hätte Schokolade dabei. Johann freute sich und kam direkt. Wir setzten
uns unter die Pergola. Lange sah er mich an. „Deine
Haare sind grau geworden".

Ich nickte. „Ich werde auch nicht jünger. Sogar meine Kinder sind schon groß".

In seinen Augen standen Tränen. „Ich werde nicht
älter, nicht wahr?"

Ich schwieg und suchte nach einer Antwort. Dann
fing es an zu Pochen.

Peter Kehrbusch

Felsen

Da war ich noch ein Pimpf. So lange ist das also noch gar nicht her. Ich war auch noch nicht lange dabei. Meine Eltern hatten sich widerwillig damit abgefunden, dass ich mit anderen in die Natur zog, Outdoor, sozusagen. Eigentlich fanden sie das sogar ziemlich gut, glaube ich.

In meiner Gruppe waren auch zwei Freunde aus der Schule. Der eine, Marc, nervte zwar ganz schön mit den Ballerspielen seines großen Bruders, und Liam versuchte einem immer auf den Arm zu hauen, was er unheimlich witzig fand. Ansonsten fühlte ich mich dort wohl, auch wenn mir nicht alles gefiel. Das Laufen bei Regen zum Beispiel.

In den großen Ferien, also schon bald, wollten wir eine Woche auf Fahrt gehen. Dafür mussten wir natürlich üben. An einem langen Wochenende ging es also mit Fahrrad und Bahn in die Vulkaneifel.

Vor allem ist mir dieses widerliche Wasser in Erinnerung geblieben. In der Vulkaneifel gibt es so viele tolle Quellen, sogar mit Kohlensäure, doch das Wasser ist stark eisenhaltig. Es schmeckt wie frisch durch einen Panzermotor gepumpt.

Die Gegend ist voller kleiner, unbeachteter Vulkankegel. Auf vielen von denen wurden im Mittelalter Mühlsteine aus Lavagestein abgebaut. Dabei entstanden die tollsten Gebilde, Bögen, Brücken, schroffe Felswände und Höhlen.

Der bekannteste Kegel ist der Nerother Kopf. Ursprünglich wollten wir dort hin, weil es dort eine Burg gäbe und eine Höhle, in der man übernachten könne. Alex, unser Gruppenführer, kannte sich aus. Er erzählte uns, dass die Höhle gar nicht so toll und außerdem vergittert sei. Außerdem wären da zu viele Leute unterwegs. Aber die Gegend sei gut! Also fuhren wir stundenlang mit der Bahn bis nach Daun. Ab da ging es mit dem Fahrrad weiter. Und egal, wo man hinfuhr, es ging immer nur bergauf. Gestartet waren wir schon freitagabends und kamen noch bei Helligkeit an. Wir wollten unbedingt in einem Maar baden. Maare sind kleine, kreisrunde Seen. Jedenfalls sind die Maare vulkanischen Ursprungs und haben einen Kraterrand, der ganz schön hoch ist. Bis wir schließlich da waren, verzogen wir uns nur noch in den Wald und übernachteten da.

Das Baden holten wir direkt am nächsten Morgen nach. Das ist eigentlich nur in einigen Maaren und dort auch nur an bestimmten Badestellen erlaubt. Wir hielten uns aber nicht dran, zumal das nahegelegene Freibad so früh noch zu hatte. Dann ging es mit dem Fahrrad bestimmt 10 Kilometer bergauf. Unterwegs kamen wir an einem riesigen Sendemast vorbei und Alex kannte dort eine kleine Abbauhöhle. Nur mit der Kerze in der Hand erkundeten wir sie.

Es war alles voller Fledermauskacke. Und drin lagen Knochen von einem Hasen oder so. Ich fand das alles superspannend. Übernachtet hatten wir dann auf einem Vulkankegel, der innen komplett ausgehöhlt war. Man kam nur durch eine Art Felsentor hinein. Das sah aus, wie einer Phantasie entsprungen. Es war eine tolle Nacht. Alex spielte auf der Gitarre. Leider kannte ich die meisten Lieder noch nicht. Beim Frühstück am nächsten Morgen, es war Sonntag, kamen einige Spaziergänger vorbei. Das fand Alex blöd, weshalb wir uns dann ein abgelegeneres Gebiet verzogen. Am letzten Lagerplatz bauten wir unsere Kohte auf und fingen an zu kochen.

Dann machte Alex uns, genauer mir, einen Vorschlag. Das war auch eine Art Mutprobe und ich war auch richtig heiß drauf, das zu machen. Und zwar sollte ich mal vor der Fahrt zeigen, was ich kann. Ich sollte auf einer Vulkankuppe in der Nähe übernachten. Allein. Das Wetter würde mitspielen, denn Regen war erst für den nächsten Tag gemeldet. Auf der Kuppe sei eine richtige kleine Schlucht. An deren Eingang sollte ich ein Feuer machen. Den Feuerschein könne man aus Richtung von unserem Lager aus sehen. Solange ein Feuer brennt, so hatten wir ausgemacht, sei alles in Ordnung. Für den Notfall hatte ich mein Handy im Rucksack. Aber nur für den Notfall, nicht zum Spielen, sagte Alex. Das mit dem Handy das sei ganz wichtig, denn die Einsamkeit könne richtig belastend sein. Er würde mich sofort holen, wenn es zu schlimm werden würde.

Ich hatte sowieso nur leichtes Gepäck. Gegessen hatte ich. Kekse, Trinken und das Schlafzeug waren im Rucksack. Ansonsten brauchte ich nur mein Messer und einen Feuerstahl zum Feuermachen. Alex und Marc begleiteten noch ein paar Schritte bis zum Waldrand. Hier lag die Bergkuppe vor uns. Dazwischen lagen nur einige Wiesen und Felder. Ab hier ging es alleine weiter.

Als ich im Wäldchen auf der Kuppe ankam, war die Sonne gerade untergegangen. Aber es war noch richtig hell. Für das Feuerholzsammeln und um mich einzurichten war noch mehr als genügend Zeit. Inzwischen war ich mir nicht mehr so sicher, ob das so eine gute Idee war, alleine hier zu übernachten. Mir war schon ein bisschen flau im Magen, als es dann wirklich so weit war.

Die Schlucht sah leider nicht so wild und romantisch aus, wie ich sie mir vorgestellt hatte. Sie war eher ein großer Graben, bestimmt 10 Meter breit, der in einer Kurve verlief. Das hintere Ende konnte man von hier aus nicht sehen. Die Wände waren senkrecht und bestimmt doppelt so hoch wie ich oder noch höher. Der Boden war halbwegs eben und es lagen Felsbrocken herum. Das war also mal ein Steinbruch. Ich legte den Rucksack ab und sah mich um. Hier sollte ich also die Nacht verbringen. Am Eingang der Schlucht sollte ich Feuer machen, denn dort könne man den Schein des Feuers sehen. Hatte Alex gesagt. Da war bereits eine Feuerstelle. Sie war kalt, aber noch vor kurzem musste sie jemand benutzt haben. Die wollte ich ebenfalls nutzen. Der Platz war gut und daneben lagen sogar ein paar ausgedörrte Fichtenstämme. Vor denen wollte ich meinen Schlafsack ausbreiten. Hier waren auch Dellen im Boden. Laub, alte Buchecker, Zweige waren in den Boden gestampft. Das erinnerte mich etwas an Fußstapfen. Aber diese Spuren konnten nicht von Füßen stammen. Dafür waren sie viel zu groß, zu tief und unförmig.

Dann hörte ich ein schabendes Geräusch. Es hörte sich an, als ob zwei Steine gegeneinander reiben. Ich sah hoch. Da fehlte plötzlich ein riesiges Stück von der Felswand. Es war einfach weg. Ich stutzte kurz. Das musste eine Einbildung gewesen sein. Ich drehte mich um, und dann ging alles ganz schnell. Verschwommen sah ich noch einen Ast auf mich zu schwingen. Dann gab es einen dumpfen Schlag und ich hörte nur noch Piepen in meinen Ohren.

Wo war ich? Es war dunkel. Nur von oben kam schummriges Licht. Eine Grube! Ich lag in einer Grube! Über mir erkannte ich etwas. Über der Grube lagen Fichtenstangen und alte Äste. Mir war kalt. Richtig kalt. Nur langsam kam ich zu mir. Benommen richtete ich mich auf. In der Schläfe und über dem Ohr pulsierte ein ziehender Schmerz. Er war nicht schlimm. Ich stöhnte trotzdem. Vorsichtig fühlte ich mit den Fingern. Da war eine Beule an meinem Kopf. Wenigstens fühlte ich kein Blut. Beim Zusammenbeißen der Zähne tat es weh. Was war los? Was war passiert?

„Nerven behalten!", schoss es mir durch den Kopf. Panik ist vielleicht der größte Feind. Ich musste auf die Seite gefallen sein. Meine Hüfte, Hintern und Beine fühlten sich ausgekühlt und steif an. Ich schaffte es aufzustehen und wollte mich sauberklopfen. Aber was war das! Verdammt, wo waren meine Kleider? Ich war völlig nackt! Auf wackeligen Beinen lehnte ich mich an die Grubenwand an. Ich stöhnte wieder.

„Scheiße! Scheiße! Scheiße!", schoss es mir durch den Kopf. Mein Herz begann wie wild zu pochen und ich keuchte heftig. Die Müdigkeit und Kälte waren verflogen. Panisch tastete ich an der Wand entlang. Die Grube war nicht groß, weshalb ich mich im Kreis drehte. Dann sackte mein Herz irgendwo in die Kniegegend. Das war real! Und es passierte mir! Ich schluckte. Mein Herz begann zu rasen, gleichzeitig fühlte ich mich beklemmt. Dabei wurde mir abwechseln heiß und kalt. Wie abgeschlagen ließ ich mich zuerst auf die Knie und dann auf alle Viere sinken. Ich kann auch schlecht beschreiben, was in meinem Kopf vorging. Ich glaube, mein Verstand setzte aus. Eben noch war mein Kopf leer und wie gelähmt, in der nächsten Sekunde zuckten wilde Gedankenfetzen durch mein Gehirn. Ich konnte nicht mehr klar denken.

„Beruhigen, beruhigen, beruhigen!" Ich fühlte das mehr, als dass ich es wirklich dachte. Nerven behalten! Umsehen! Ich musste so viel über meine Situation herausfinden, wie ich konnte. Ich stand auf und streckte meine Arme aus. Mit den Fingerkuppen kam ich gerade so an die gegenüberliegende Wand. Mist. Da konnte ich mich nicht herausstemmen. Und nach oben? Da fehlte noch einiges. Hochspringen war sinnlos. Und die Wände waren glatt. Ich saß in einer Grube fest! Ich stöhnte wieder und ließ mich nach unten in die Hocke gleiten. Ich musste nachdenken. Mir fiel nichts ein. Unruhig stand ich wieder auf. Dann rieb ich mich ab, die ganzen Erdkrümel, Blattreste und Holzkrümel. Ich war ganz schön dreckig und verschrammt. Irgendjemand musste mich ausgezogen und hierher geschleift haben. Aber warum?

„Nicht um Hilfe rufen!" Wer auch immer mich hier hineingeworfen hatte war vielleicht noch da. Und der würde sicher nicht sanft mit mir umgehen. Und ich wollte nicht den Falschen anlocken. Wer sollte auch schon hier vorbeikommen? Aber die Feuerstelle! Feuer! Die anderen würden doch kommen, wenn sie keinen Feuerschein sehen würden. Ich hatte kein Feuer gemacht! War das die Mutprobe? Sicher nicht! Aber die Anderen würden mich spätestens morgen früh suchen. Bis dahin musste ich durchhalten. Irgendwie durchhalten. War ich allein? Lauerte da ein Mörder auf mich? Ein Psychopath? Ein Sadist? Was hatte er mit mir vor? War das wie in den schlechten Geschichten, die ich so gehört hatte? Angst, richtige Todesangst machte sich in mir breit. Das war pure Verzweiflung. Ich zitterte und konnte meine Tränen nicht mehr zurückhalten. Mein Atmen wurde zu einem Japsen mit Schluckauf. Die Panik hatte mich erwischt. Wollte mich jemand umbringen? Und warum? Scheußlichste Gedanken blitzten in mir auf. Ich wollte nicht sterben, ich wollte nicht gequält werden, ich wollte nicht leiden! Ich hatte plötzlich entsetzliche Angst, mit einem Messer verletzt zu werden. Gefesselt. Ich war nicht fessel.

„Beruhigen! Nerven behalten!" Langsam konnte ich klare Gedanken fassen. Warum war ich nicht gefesselt? Klar! Da war sich jemand ganz sicher, dass ich hier nicht herauskommen würde! Ich ging wieder auf alle Viere und tastete den Boden ab. Hier herrschte völlige Finsternis. Vielleicht lag doch etwas hier drin. Ich hatte nichts. Nicht einmal Kleider, um ein Seil zu improvisieren. Geschweige denn ein Werkzeug. Aber kleine Aststückchen lagen hier herum. Ich nahm eins und kratzte damit in der Wand herum. Das Material war weicher als gedacht. Hoffnung keimte in mir auf. Ja, das war die Lösung! Ich würde mir Trittstufen in die Wand kratzen und dann einfach hochklettern. Ich wollte schon laut lachen, weil das Glück irgendwie durch mich hindurchströmte.

Das mit den Trittstufen erwies sich dann aber als schwieriger, als gedacht, denn ich musste mich dann irgendwie in den Löchern festkrallen, um nicht herunterzufallen. Mit einer Hand kratzte ich dann über mir, wobei der ganze Dreck auf mich herunterrieselte. Vor Anstrengung schnaufte ich mit offenem Mund, wobei mir immer wieder Dreck in den Mund kam. Den musste ich dann ausspucken. Ein paar Mal musste ich wieder absteigen, um mich auszuruhen. Manchmal fiel mir auch das Aststückchen aus der Hand, das ich dann im Dunkeln suchen musste. Bestimmt zwei, drei der Trittlöcher sind auch ausgebrochen, wobei ich jedes Mal wieder in die Grube hinunterrutschte. Dann schaffte ich es völlig verkrampft bis an den Rand der Grube. Dort erreichte ich eine der Fichtenstangen und griff danach. Jetzt hing ich dran und kam nicht weiter. Ich wollte mich hochhangeln, konnte aber nur noch mit den Beinen strampeln. Verbissen wollte ich nicht aufgeben. Nicht, wo ich bereits so weit gekommen war. Dann hing ich nur noch herum. Die Unterarme verkrampften sich. Dann atmete ich noch einmal durch und ließ mich zurück in die Grube fallen. Ich fluchte und massierte mir die Unterarme. Dann ging es wieder. Beim nächsten Versuch rutschte eine Fichtenstange weg, aber ich hatte einen Fuß oben. Jede Muskelfaser meines Körpers war gespannt, als ich mich über den Rand der Grube bugsierte. Erschöpft blieb ich liegen. Ich hatte es geschafft.

Hier oben war es warm. Zumindest viel wärmer als in der Grube, aus der ich geklettert war. Sobald ich wieder zu Kräften kam, sah ich mich um. Es war dunkel. Am Himmel waren kaum noch Sterne zu sehen. Es musste viel Zeit vergangen sein. Ich blickte mich um. Ich war in der Schlucht, also in dem Steinbruch, aber ganz hinten. Um mich herum waren steile Felswände aus grober, scharfkantiger Lavaschweißschlacke. Offenbar führte hier nur ein Weg raus. Aber da vorne, am Eingang der Schlucht, brannte ein Feuer! Da war jemand! Erschrocken drückte ich mich an die Felswand. Langsam und vorsichtig schlich ich mich nach vorne. Ich lief auch sehr unsicher, weil barfuß die ganzen Ästchen und Steine in die Fußsohlen piekten. Der Feuerschein war jetzt deutlich zu sehen. Das musste die Feuerstelle am Eingang der Schlucht sein. Ich versuchte in der Dunkelheit etwas zu erkennen. Es lagen zwar ein paar große Felsbrocken herum, aber wirklich verstecken konnte ich mich nicht. Je näher ich dem Feuer kam, umso mehr brummte es in meinem Kopf. Das war sicher noch von dem Schlag, den ich abbekommen hatte. Geduckt huschte hinter einen der Brocken. Nur mit Mühe konnte ich mein Schnaufen unterdrücken. Vorsichtig spähte ich hinter dem Brocken hervor. Sofort zuckte ich wieder zurück. Ich musste erstmal verarbeiten, was ich da gesehen hatte. Am Lagerfeuer saß jemand. Aber das waren keine Menschen. Da saßen zwei Dinger. Im Feuerschein konnte man das gut erkennen. Und die waren riesengroß. Das waren Felsen. Groß und unförmig, wie aus Felsbrocken und großen Steinen zusammengesetzt.

Der Hintere, also der, der mir ungefähr gegenüber saß, wurde vom Lagerfeuer angestrahlt. Er sah irgendwie aus wie eine zu kurze Made. Aufrecht sitzend. Nach hinten unten niedrig und kurz mit insgesamt sechs unförmigen Steinbeinen. Die hinteren Beine waren ganz kurz, nach vorne wurden sie größer. Die vorderen Beine hingen frei in der Luft. Oben auf dem Felsen lag noch ein Stein, der wie ein massiger, unsymmetrischer Kopf aussah.

Der andere war schlechter zu sehen, weil er fast nur im Gegenlicht und mehr von hinten zu sehen war. Erkennen konnte ich drei, etwas längere Beine an einem klobigen Körper. Er hatte keinen Kopf, aber dicke, deutliche Arme. Seine Hände erinnerten an Fäustlinge, diese dicken Handschuhe für den Winter.

Mit weit aufgerissenen Augen versuchte ich wieder hinter dem Stein hervor zu spähen. Das merkwürdige Brummen in meinem Kopf war noch da. Es veränderte sich jetzt zu einer Art von Worten. Ich kann es schlecht beschreiben, denn es waren keine Worte, aber ich verstand oder wusste plötzlich, was das Brummen bedeutete. Jemand sollte Holz ins Feuer nachlegen. Das Brummen war eindeutig von dem madenförmigen Felsending gekommen. Der Fels mit den Armen griff nach einem blanken Fichtenstamm, knickte einfach ein Stück ab und warf es ins Feuer. Mit dem Brummen unterhielten sich die zwei Felsen über das Tier auf zwei Beinen. Mein Nacken verkrampfte und mir lief ein eiskalter Schauer über den Rücken. Die meinten mich.

Wieder brummte es in meinem Kopf. Als er, also der Fels mit den Armen, es gefangen hatte, habe sich bereits die Haut abgelöst. Deshalb hatte er es direkt fertig gehäutet. Das wäre ganz einfach gegangen. Das Tier habe nicht einmal geblutet.

Im Feuer verbrannten Reste meiner Hose. Wieder brummte es vom Dreibeinigen in meinem Kopf.

Die Haut von diesem Tier, das auf zwei Beinen läuft, sei aber nicht gut. Sie schmecke tot.

Es gab ein reißendes Geräusch und mein halber Schuh flog in Richtung des Feuers.

„Nicht meine Schuhe!" beinahe hätte ich meinen Gedanken laut gesagt.

Der madenförmige Fels wackelte ein bisschen und brummte er habe sich einen braunen Hüpfer gefangen. Ich sah hin. Da lag mein Rucksack samt Schlafsack und Messer. Genau da, wo ich ihn hingelegt hatte. Aber daneben lag noch ein weiteres, braunes Ding auf dem Boden, das vorher nicht da war. Oh Gott, das braune Ding lebte! Im Feuerschein war das nicht gut zu erkennen, aber es atmete! Das madenförmige Felsenwesen drehte sich zur Seite und griff mit den vorderen Armstummeln danach. Das braune Ding war ein Reh. Sein Kopf hing schlaff herab und seine großen schwarzen Augen blickten ins Leere. Dunkles Blut tropfte aus dem Maul. Ich war wie vor Angst gelähmt. So einen Anblick war ich nicht gewohnt. Mir wurde schlecht. Ich wollte mich übergeben. Schnell schloss ich die Augen und atmete tief und möglichst geräuschlos durch. Die Übelkeit verflog. Ich musste einfach wieder hinsehen.

Und dann begann das grausige Schauspiel. Auf der Brust von der Felsenmade erschien ein großer T-förmiger Spalt. Der Spalt öffnete sich. Das musste das Maul sein. Es bewegte sich wie eine nach unten gespaltene Lippe, als ob es aus dickem Gummi wäre. Obwohl es doch Fels war. Das Ding stopfte das Reh mit dem Kopf voran in sich hinein. Mit einem fürchterlichen, knackenden Geräusch verschwand das Reh im Maul des Felsens. Als letztes sah ich noch kleine Hufe herausragen. Angewidert wendete ich den Blick ab.

Jetzt wusste ich, was mir blühte. Hier lauerte kein Mensch. Die Bedrohung war kein psychopatischer

Mörder. Das waren diese Dinger. Mir ging der Arsch auf Grundeis. In der Schlucht saß ich in der Falle, denn am Feuer kam ich nicht vorbei. Ich musste einen Ausweg finden. Der einzige Vorteil, den ich hatte war, dass ich nicht mehr in der Grube war. Und dass diese Dinger das nicht wussten.

Der madenförmige Felsen brummte wieder. Er habe jetzt genug Leben in sich, dass er erst im nächsten Sommer wieder jagen müsse.

Das andere Felsenwesen brummte, es müsse bald noch etwas lebendiges Essen. Dafür habe es sich bereits das Tier gefangen, das auf zwei Beinen läuft. Das Tier läge hinten in der Grube. Es sei lebendig, frisch und gut. Der madenförmige Fels stimmte mit einem Brummen zu.

„Scheiße", dachte ich, „ich will nicht gefressen werden!" Ich musste hier raus. Ich war zittrig. Vor Angst, nicht weil mir kalt war. Ich huschte zurück an die Felswand und drückte mich an ihr entlang zurück in Richtung der Grube. Es war nicht mehr ganz dunkel, trotzdem konnte man noch nicht gut sehen. Hier kam man nicht raus! Alles war zu hoch zu steil und zu schroff. Langsam ging ich die Wand entlang. Immer wieder blickte ich mich um, ob sich vom Lagerfeuer her etwas rührte. Aber es blieb alles ruhig. Dann endlich erkannte ich eine Felsspalte, die schräg nach oben lief. Hier wollte ich herausklettern. Die Spalte war voller Erde und Laub. Es war also kein scharfer Fels, aber rutschig. Sie war vom Feuer aus nicht sichtbar. Hatten die Felsendinger überhaupt Augen? Konnten sie überhaupt sehen? Ich hatte wieder das Brummen der Felsen in meinem Kopf. Sie unterhielten sich, aber es waren Sachen, die ich nicht verstand.

Ich begann die Felsspalte entlang hochzuklettern. Die Erde und das Laub und das Laub fühlten sich weich unter den Füßen an. Noch direkt am Anfang rutschte ich ab, und schlitterte auf der Seite wieder runter. Minutenlang blieb ich regungslos liegen und lauschte. Das Brummen der Felsen war immer noch da wie zuvor. Das war noch einmal glimpflich ausgegangen.

Es konnte doch nicht so schwer sein, diese lächerliche Wand hochzukommen! Beim nächsten Versuch schob ich mich rückwärts und mit durchgedrückten Beinen die Spalte hoch. Immer wieder drohte ich ins Rutschen zu kommen und verkrampfte mich, bis alles wieder unter Kontrolle war. Mehrfach geriet ich ins Wanken und konnte mich gerade so wieder an den Felsen klammern. Ich hatte panische Angst, dass mich ein Geräusch verraten konnte. Fast oben angekommen musste ich wieder balancieren. Wie in Zeitlupe löste sich ein Stein und purzelte geräuschvoll nach unten. Ich verharrte wieder eine gefühlte Ewigkeit und versuchte mein Keuchen zu unterdrücken. Mein Herz pochte bis in die Schläfen. Die Felsendinger reagierten nicht. Dann endlich hatte ich es nach oben geschafft. Wieder verharrte ich.

Nachdenken. Keinen Fehler machen. Ich musste wissen, ob die Felsenwesen noch dasaßen. Hatten sie meine Flucht bemerkt? Sahen Sie nach, ob ich noch in der Grube war? Waren sie schnell? Konnte ich notfalls vor ihnen davonlaufen? Gab es noch weitere Felsendinger, die ich noch nicht gesehen hatte?

Es wurde ganz langsam heller. Auf allen Vieren kroch ich an den Rand vom Steinbruch und blickte vorsichtig hinunter. Ich schreckte zurück. Das armige Felsenwesen erhob sich. Es hatte tatsächlich drei Beine. Fast bedächtig stapfte es zur Steinbruchwand und wurde eins mit ihr. Das madenförmige Ding blieb noch am Feuer sitzen. Leise und vorsichtig kroch ich rückwärts und entfernte mich geradlinig davon. Nach wenigen Augenblicken trat ich aus dem Wäldchen heraus. Hier waren weite Felder und Wiesen. Erst da realisierte ich, dass ich ja völlig nackt war. Das machte mir nichts aus, ich war so schon tagelang am Meer baden. Außerdem war so früh war noch niemand unterwegs. Solange ich in Bewegung blieb, war mir auch nicht kalt.

In einem großen Bogen lief ich um die Kuppe um mich zu orientieren. Die ganze Anspannung saß mir noch in den Knochen. Ich hatte es überstanden! In der Grube hatte ich mich noch völlig hilflos, einsam und verlassen gefühlt, jetzt fühlte ich mich lebendig und frei. Und völlig erleichtert. Ich fand keine Ruhe mehr. Ich musste laufen und springen und wollte laut jauchzen und schreien. Mal tränten die Augen, mal musste ich schniefen. Ständig musste ich mich schütteln, weil mir kalte Schauer den Rücken hinunterliefen. Dann wurden mir die Knie weich und ich musste auf alle Viere, um sofort wieder aufzuspringen.

Am Horizont ging hinter Wolken die Sonne auf. Es

sah wunderschön aus. Ich fand den Weg zurück und wie voller Glück streifte ich das letzte Stück über die Wiese zur Kohte im Wald, wo die anderen schliefen. Schnell hatte ich sie gefunden. Ich wollte sie wecken, aber da war erst mal nichts zu machen. Die Anspannung war vorbei. Hastig trank ich den Hortentopf mit dem kalten Tee aus.

Die anderen erklärten mich für bekloppt. Sie glaubten mir kein Wort. Sie hätten das Feuer gesehen und sich keine Sorgen gemacht. Wir saßen in der Kohte am Feuer und vor uns kochte ein frischer Tee. Inzwischen war ich in den Schlafsack von Alex gewickelt. Ich sah vermutlich furchtbar dreckig und zerzaust aus. Mir war das absolut egal, ich war viel zu aufgeregt und musste immer mehr und immer wieder erzählen. Alex setzte sich irgendwann auf, zog die Augenwinkel hoch und die Mundwinkel nach unten. „Respekt!", meinte er. Dann drückte er mir seinen Pullover für kalte Nächte in die Hand. Ich streifte ihn mir direkt über. Der Pullover war mir viel zu groß und die Ärmel fielen mir über die Hände. Ich krempelte sie nach oben. Die anderen schauten auch, was sie an Kleidung für mich entbehren konnten. Das waren gebrauchte Socken und Unterwäsche. Und Marcs Ersatzhemd, das von der Tomatensoße zusammenklebte, die er sich übergekippt hatte. Ich lehnte dankend ab.

Liam versuchte inzwischen nicht nur auf meinen Arm, sondern mir auch auf den Hintern zu hauen. Das nervte gewaltig. Marc meinte sogar ich hätte meine Klamotten wahrscheinlich selbst verbrannt. Ich fühlte mich gekränkt. Kurzerhand beschlossen wir, zusammen auf die Bergkuppe zu gehen. Alex drängte zum Aufbruch, da sich das Wetter langsam zuzog und wir anschließend noch ein paar Stunden mit dem Zug fahren müssten. In Windeseile schlugen wir das Lager ab, löschten das Feuer und verwischten unsere Spuren. Mit den Fahrrädern quälten wir uns einen alten Feldweg bis zur Bergkuppe hoch und ließen sie am Waldrand liegen. Hier wollte ich ihnen alles zeigen. Kurz vor der Schlucht stockte ich kurz, weil mich Angst durchfuhr. Ich ließ mir nichts anmerken, aber ich hatte plötzlich eine Heidenangst, dass hier diese Felsendinger rumsaßen. Ich zeigte ihnen die Feuerstelle. Mein Rucksack war unversehrt. Immerhin hatte ich da noch eine Unterhose drin. Das war mal besser als nichts. Irgendwie musste ich ja in die Zivilisation zurück.

„Was ist das?" Liam hatte einen blutigen Huf von einem Reh gefunden. Der Knochen daran war abgequetscht und zermalmt. Dann fanden wir einen halben Schuh. Das war mal meiner. Jetzt hatte er nur noch Größe 21. Wo der vordere Teil fehlte, war der Schuh komplett zerfranst. Als wir dann die Grube hinten in der Schlucht fanden, waren alle erschrocken. Alex wurde völlig bleich. Ich glaube, er machte sich Vorwürfe. Vermutlich hielt er die Idee mit der Übernachtung inzwischen für ziemlich blöde. Ich war nicht sauer oder so. Wieder am Eingang der Schlucht zog ich meinen Rucksack auf und knetete meine Fußsohlen. Ich musste ja die ganze Zeit barfuß herumlaufen.

In meinem Kopf brummte es. „Jagen! Essen!" Erschreckt sprang ich auf. Die anderen sahen mich an. Sie hatten es auch wahrgenommen. Eine große, graue Gewitterwolke verdeckte die Sonne. In dem Moment löste sich etwas aus der Felswand. Etwas Riesiges mit drei Beinen. Es stapfte genau auf uns zu. Liam blieb wie angewurzelt stehen. Ich rief noch „Lauft!" und zerrte Liam mit, der erst ein paar Schritte rückwärts stolperte um dann schreiend loszurasen. Alle schrien! In Panik flohen wir aus dem Wald, schwangen uns auf die Fahrräder und strampelten, als ob der Teufel hinter uns her wäre. Gleich zu Anfang kam Liam vom Weg ab und fuhr in die Wiese. Schnell rappelte er sich auf und fuhr ganz hinten. Immer wieder schrie er, dass wir auf ihn warten sollten. Erst im nächsten Dorf blieben wir am Dorfbrunnen stehen. Ich nutzte die Gelegenheit, um mich notdürftig zu waschen. Liam zitterte. Ich zitterte auch. Marc fragte immer wieder, was das war. An der Bahn in Daun kamen wir viel früher als geplant an. Irgendwann war mir das wirklich unangenehm, barfuß und in Alexs Pullover am Bahnsteig rumzustehen. Den zwei Hundeführern, die so früh schon unterwegs waren erzählten wir, dass ich eine Wette verloren hätte. Marc, der Blödmann, lachte mich immer wieder aus und kriegte sich gar nicht mehr ein. Irgendwann wollte er mir sogar den Pullover hochziehen, dass man meine Unterhosen sah. Aber da schritt Alex ein. Dann fing es auch an zu regnen. Ich warf mir den Poncho aus dem Rucksack über. Warum war ich nicht schon vorher darauf gekommen? Er war so groß, dass im Prinzip nur meine Waden und Füße unten rausguckten. Dank des Pullovers klebte auch das Gummi nicht auf der Haut.

Im Zug kochte das erlebte immer wieder hoch. Liam lachte immer wieder und dann überschlugen sich alle mit hitzigen Kommentaren und blödesten Bemerkungen. Das endete in den tollsten Heldentaten. Alex holte sie immer wieder in die Realität zurück indem er ihnen sagte, dass sie Angst vor einem wackligen Stein hatten. Ich war richtig erschöpft. Immer wieder schlief ich ein. Und immer wieder schreckte ich hoch, weil ich von felsigen Armen träumte, die nach mir griffen. Das hörte auch erst ein paar Tage später wieder auf.

Durch unseren überhasteten Aufbruch kamen wir auch einen Schwung früher als erwartet zurück. Das letzte Stück fuhr ich mit dem Fahrrad durch den Regen. Niemand beachtete mich. Alex hatte ich seinen Pullover zurückgegeben. Der Poncho half zwar gegen Regen, aber nicht gegen Kälte. Und barfuß war ich auch noch. Also kam ich ganz schön durchgefroren zuhause an.

Bei mir zuhause war niemand da. So kam ich ungesehen rein, duschte mich heiß und ausgiebig und ging dann erstmal eine Runde schlafen. Abends erzählte ich von dem tollen Wochenende. Denn das war es auch. Außerdem hätte ich meine durchgelatschten Schuhe endlich weggeworfen und beim Baden hätte eine Kuh mein Hemd gefressen. Das klang glaubwürdiger, als dass ein Felsen das Hemd gefressen hätte. Das mit dem Hemd gab Ärger, weil es

neu gewesen war. Das Fehlen meiner anderen Klamotten ist nie aufgefallen.

Letztes Frühjahr war Alex noch mal auf der Bergkuppe. Er hatte mir dann auf dem Handy ein Foto
von der Schlucht gezeigt. An einer Felswand fehlte
ein riesiges Stück.

Peter Kehrbusch

Der Pilz

Also gut. Ich erzähle es noch einmal. Aber das ist dann wirklich das letzte Mal. Das ist das, was wir nicht in den Fahrtenbericht geschrieben haben.

Im letzten Herbst machten wir einen Tippel, also eine kleine Wochenendfahrt, in der Gegend bei Bad Sooden-Allendorf. Fast wie geplant ging es dort an der ehemals deutsch-deutschen Grenze entlang, weiter bis zum Grenzmuseum Schiffersgrund und dann wieder zurück zum Bahnhof. Das, was ich erzählen will, geschah aber schon am ersten Tag. Genaugenommen in der ersten Nacht.

Wir hatten uns nur zu viert verabredet. Linus, Jarno, Kolja und ich. Linus und Kolja kannte ich schon lange, war aber vorher auch noch nie mit ihnen unterwegs gewesen. Die zwei machten ihrem schlechten Ruf bereits auf der Anfahrt alle Ehre und foppten sich mit geradezu unterirdisch flachen Witzen und dummen Sprüchen. Vor allem Linus. Dabei muss ich gestehen, dass ist als sehr lustig empfand und immer noch neidisch darauf bin, wie man in einer solchen Fülle schlechte Witze machen konnte. Jarno war vorher noch nie dabei. Eigentlich war er bei einem befreundeten Pfadfinderbund. Doch die machten mehr Lager und so. Und er wollte auch mal umherziehen. Außerdem wollte er sein nagelneues Opinel Fahrtenmesser mit Edelstahlklinge ausprobieren. Nach der ersten Nacht dachte ich, dass er wohl nie wieder so etwas mit uns machen würde. Aber bei der nächsten Fahrt will er wieder mit uns losziehen.

Wir trafen uns am Bahnhof in Bad Sooden-Allendorf, gingen dann über die Werra, durch die Altstadt und zogen dann weiter Richtung Osten. Auf breiten Wegen ging es in den Wald und immer bergauf. So würden wir garantiert auf die ehemalige deutsch-deutsche Grenze treffen. Irgendwo ist da auch eine Kirchenruine im Wald. Aber, was soll ich sagen, wir haben sie wohl verpasst.

Der breite Weg war uns schon nach kurzer Zeit viel zu langweilig, also wählten wir einfach aus einer Laune heraus einen schmaleren, offensichtlich wenig begangenen Weg. Der stellte sich nach wenigen hundert Metern als Forstschneise heraus. Natürlich wollten wir nicht wieder zurück, um dann doch den breiten Weg zu gehen. Außerdem war durch die Bäume ein flaches Stück Gelände zu sehen. Also marschierten wir querfeldein dort hin. Dort war alles mit hohen Buchen bestanden und voller Moos. Es roch nach feuchtem Waldboden und altem Laub. Der Platz gefiel uns nicht besonders. Also wollten wir noch ein Stück weiterziehen, um unsere Kohte woanders aufzustellen. Da sahen wir diese merkwürdigen Dinger.

„He, guckt mal! Das sieht ja aus wie Hände!" rief einer. Hastig rannten wir hin um uns das anzusehen. In einem weiten, unregelmäßigen Kreis, also in einem Ring, ragten viele gelb-orangefarbige Gebilde aus dem Boden. Manche waren nur ein paar Zentimeter groß, andere waren bestimmt so groß wie eine Hand. Und genau so waren sie auch geformt. Wie Finger, manche wulstig oder wie unförmige und verwachsene Hände, Kraken oder Korallen. Erstaunt legten wir das Gepäck ab und bewunderten unsere Entdeckung.

Von der Neugier gepackt pflückten wir wahllos eines dieser Dinger vom Boden. Es hatte keine richtige Wurzel oder so. Jarno schnitt es mit seinem nagelneuen Opinel Fahrtenmesser mit Edelstahlklinge der Länge nach auf. Innen war es vielleicht etwas heller gefärbt, sonst war nichts Besonderes zu sehen. Es roch nur intensiv nach Pilz. Ich hatte ja schon viele Pilze gesehen, auch Korallenpilze und einen recht lustigen, der nannte sich Herkuleskeule. Der war ähnlich groß und hatte eine ähnliche Farbe, aber die Form einer kleinen Keule. Dinger, wie die hier, hatte ich noch nie gesehen. Wir kamen zu dem Schluss, dass es sich hierbei um besonders merkwürdige Pilze handeln musste. Wir wollten einen zum Beweis mitnehmen, aber niemand wollte so ein Ding mitschleppen.

Dieses Problem löste sich dann von ganz alleine, denn Linus verbarg mit einem ausgelassenen Gegluckse etwas vor sich. Dann stellte er sich vor uns und zeigte uns den Stinkefinger. Davon völlig überrascht fingen wir alle schallend an zu lachen. Linus hatte nämlich einen weiteren Pilz gepflückt und mit der Hand in den Hemdsärmel gezogen, sodass der Pilz aussah, als wäre er seine eigene Hand. Und dieser Pilz sah wirklich aus wie eine Hand, die den Mittelfinger zeigt. Eine gelbe Hand, die den Stinkefinger zeigt. Betont lässig lief Linus herum und zeigte dann Kolja den Pilzstinkefinger. Kolja fluchte ein englisches „Fuck!".

„Fahk?" Linus zog seine Augenbrauen nach oben. „Welch ungehöriges Wort!"

„Ja, fac! Fac ist Lateinisch und heißt ‚Tu!' oder ‚Mach endlich'!" Mit einem triumphierenden Lächeln reckte Kolja das Kinn nach oben.

„Ich glaube ‚Fuck' heißt was anderes."

Kolja hielt beide Hände mit den Handrücken nach außen vor sich und wackelte mit den Fingern.

„Guck mal! Das heißt es in zehn Sprachen! Und der Papst zeigt das an Ostern allen Leuten!"

Jarno stand genau hinter mir und raunte mir fassungslos ins Ohr: „Das ist ja unglaublich! Wie kommt man nur auf so viele dumme Sprüche?". Ich zuckte die Schultern und murmelte: „Ich habe keine Ahnung..."

„Aber das mit dem ‚fac' gefällt mir. Das muss ich mir merken."

Ich hatte unser Notfallhandy in der Beintasche und musste ausgiebig Fotos machen, wie wir mit der Pilzhand in allen erdenklichen Arten posierten. Erst dann konnten wir aufbrechen.

Nach dieser ganzen Aktion musste der Pilz natürlich mitgenommen werden. Alleine schon deshalb, weil uns Linus damit unterwegs auf den Geist gehen konnte. Und Kolja provozierte das bei jeder Gelegenheit.

„Läufst du mal schneller?" Linus hielt ihm den Pilz vors Gesicht. Kolja grinste schadenfroh.

„Nimmst du mal die Gitarre?" Linus hielt ihm den Pilz vors Gesicht. Kolja feixte wieder.

„He, Kolja, guck mal!" Linus hielt ihm den Pilz vors Gesicht. Kolja klimperte liebevoll mit den Augenlidern.

Es dauerte nicht mehr lange, dann hatten wir einen guten Lagerplatz gefunden. Wir schlugen die Kohte auf. Direkt davor machte ich ein kleines Kochfeuer. Es wurde auch Zeit, denn es begann bereitszu dämmern.

Jarno hatte sein nagelneues Opinel Fahrtenmesser mit Edelstahlklinge gezückt und half mir die Zwiebeln für das Abendessen kleinzuschneiden. Er meinte noch, dass bei so viel Zwiebeln heute Nacht die Kohtenbahnen flattern würden. Zumindest wären die Schlafsäcke ordentlich aufgebläht.

Da musste ich entsetzlich furzen. Die Stimmung war ja ausgelassen und ich gab mir nicht wirklich Mühe, wegzugehen oder dezent zu bleiben. Allerdings wurde das wesentlich lauter als gedacht. Auf einen Schlag war alles totenstill.

Mit gespieltem Entsetzen und großen Augen sahen mich die anderen an. Geistesgegenwärtig sagte ich etwas wie: „Habt ihr das gehört? So macht man das!"

Für Kolja und Jarno gab es jetzt schon kein Halten mehr und sie wieherten los. Sie hatten sich kaum beruhigt, da spitzte Linus die Lippen.

„Deine Geräuschkulisse ist der Situation nicht angemessen."

Ich ließ mich vor Lachen nach hinten fallen. Und schon schaukelten sich Kolja und Linus wieder hoch.

„Boah, stinkt das!", schrie Kolja und setzt noch etwas nach: „Es ist ja nicht der Gestank, es ist vielmehr das Brennen in den Augen!"

„Geh doch zum Arzt, wenn du krank bist!" meldete sich Linus wieder.

„Woran war die Katze gestorben?"

Jarno kugelte sich vor Lachen auf dem Boden. „Die Katze!", wiederholte er immer wieder „Das Brennen in den Augen!" Irgendwann fing er sich wieder, blieb aber auf dem Rücken liegen. „Die Katze gestorben. Das muss ich mir merken. Und das mit dem Arzt auch!"

Aber da kniete auch schon Linus auf meinen Schultern und bohrte mit dem Pilzstinkefinger in meiner Nase. Pah, war das eklig.

„Du. Sollst. Nicht. So. Laut. Fur-zen!"

„Niemals!" schrie ich und versuchte mich herauszuwinden. Ich strampelte und dabei schlug ich ihm den Pilz aus der Hand. Der flog in hohem Bogen durch die Luft und zerbrach beim Aufprall.

„Oh nein! Der Stinkefinger! Er hat ausgestunken!" Mit einem gespielten Entsetzen hob Linus den Pilzdaumen auf und schnippe ihn ins Feuer. Es fing leise an zu zischen und sofort stieg eine gelbbraune Qualmwolke aus dem Feuer. Es stank entsetzlich. Kolja, der immer noch mit geschlossenen Augen auf dem Rücken lag, maulte herum, ob wir jetzt schon wieder angefangen hätten zu stinken.

„Nein, wir riechen immer so." rutschte es Linus heraus. Immer noch lachend schnappte Jarno nach Luft. Diese Qualmwolke war der Hammer.

„Krass!", staunten Linus und ich gleichzeitig. Dann sah ich Linus an und Linus sah mich an. Wie auf ein geheimes Zeichen sprangen wir auf und klaubten so schnell wie möglich die Teile von dem Pilz zusammen, die wir dann mit einem Schwung ins Feuer warfen.

Die Qualmwolke war riesig und dicht. Kolja hatte sich aufgerichtet. Theatralisch rief er: „Was habt ihr getan?!"

Jarno wollte sich auch aufsetzen und hechelte etwas wie: „Ach du Schei…!", der Rest ging in seinem Husten unter. Verzweifelt rieb er sich die Augen, konnte aber, wie wir alle, dem Qualm nicht ausweichen.

„Ist das übel!" Ich hatte mich weggedreht und hielt mir die tränenden Augen zu. Es brannte in der Lunge, in der Nase und in den Augen. Dann war es auch schon wieder vorbei. Der Qualm verschwand fast ebenso schnell, wie er gekommen war. Ein gelbbrauner Schleier davon wanderte im Windhauch langsam von uns weg und verschwand im Dunkel des Waldes. Die verkohlten Reste des Pilzes zerfielen in der Glut des Kochfeuers. Schnell warf ich ein paar Holzstücke nach, denn wir mussten schnell das Abendessen fertigkochen. Bei allem Spaß wollte nicht in der Dunkelheit herumwerkeln. Also griff ich nach dem Hortentopf.

Wie ich mich umdrehte, wurde mir sofort schwummrig. Schwer atmend ging ich in die Knie. Dann lag ich auf dem Boden. Kleine Krümel trockenen Laubes tanzten vor meinem Gesicht. Wie im Gleichschritt. Nach links. Nach rechts. Hüpfen. Drehen. Wie war das möglich? Ich sah auf. Mir war schlecht. Stechende Kopfschmerzen machten sich breit. Der Widerschein des Feuers lief wie in Wellen an den Bäumen entlang. Er schmeckte grün. Für einen kurzen Moment ging es mir besser. Die Kopfschmerzen ließen nach, verschwanden aber nicht ganz. Ich setzte mich auf.

Das Kochfeuer vor mir brannte hoch. Jarno brachte armeweise Feuerholz. Er war gar nicht mehr zu bremsen. Ein paar Schritte weiter streichelte Linus den Stamm einer dicken Buche.

„Sieh nur, wie hoch die Elefanten sind! Man kann nicht sehen, wo die Beine aufhören!" Er richtete seinen Blick nach oben. Die Buchenstämme sahen jetzt wirklich aus wie die Beine riesiger Elefanten. Er griff nach einem ausladenden, geschwungenen Ast einer anderen Buche daneben.

„Und die Rüssel reichen bis hier herunter!" Er stolperte und stieß sich dabei mit Kopf und Hals an dem Ast.

„He, ich hab' dir überhaupt nichts gemacht!" Vorsichtig streichelte er den Ast. Der Rüssel beruhigte sich und schnüffelte herum.

Auf allen Vieren versuchte ich zu der Feldflasche in meinem Rucksack zu kommen. Ich hatte Durst. Aber der Rucksack verschwand und tauchte immer wieder an einer anderen Stelle auf. Mir war schwindelig, doch ich konnte wieder einigermaßen gehen. Ich kann nicht sagen, wie lange ich das gemacht habe, aber ich machte Jagd auf meinen Rucksack. Der hüpfte nun immer vor mir weg. Mein Herz hämmerte wie verrückt. Der Feuerschein machte alles hell. Jetzt war alles rot mit blauen Schlieren. Es klang sauer. Wieder lag ich auf dem Boden. Runde Moospolster drehen sich empört um und liefen auf kleinen Beinen weg. Hier war ich wieder am Kochfeuer. Ich konnte nicht denken. Nur zusehen. Kolja saß mir gegenüber. Er schwitzte. Mit glasigen Augen blickte er in die Flammen. Ich sah ihn an. Was war mit seinem Gesicht los? Es zerfloss irgendwie und wurde länger. Dieses lange Gesicht formte Worte. Seine Stimme war verzerrt.

„Es ist so heiß! Es ist so heiß!" Dann bellte er förmlich: „Es ist so heiß!" Er sprang auf. Panisch torkelte er in den Wald. Ungelenk versuchte er dabei sein Hemd über den Kopf auszuziehen. „Ich brenne!" schrie er. Dann verschwand er in der Dunkelheit. Ich konnte ihn nur noch hören. Ich fühlte Angst. Pure Angst. Ich zitterte und schwitzte gleichzeitig, mein Herz hämmerte und ich schnaufte wie verrückt. Dann sah ich zu meinen Füßen. Baumwurzeln schlängelten sich überall wie Tentakel aus dem Boden. Linus sah auch hin. Die Wurzeln griffen nach meinen Füßen.

„Siehst du das auch?" Doch statt einer Antwort gellte aus seiner Richtung nur ein wahnsinniger Schrei. Linus hüpfte auf einen alten Baumstumpf und schrie, Jarno solle sich in Sicherheit bringen. Ich wusste nicht wohin und lief in Panik hin und her. Überall kamen diese Wurzeln aus dem Boden. Linus fiel zu Boden, denn der Baumstumpf hob sich auf seinen Wurzeln in die Höhe und lief auf seinen schlängelnden Wurzeln umher. Dann ging er auf Linus los. Jarno schnappte sich einen starken Ast vom Feuerholz und eilte ihm zur Hilfe. Wie von Sinnen schlug er mit diesem Knüppel auf den Baumstumpf ein. Die Wurzeln peitschten in Jarnos Richtung.

Sie warfen ihn sogar einmal um, doch er rollte sich über die Schulter ab. Sofort stand er wieder und schwang den Knüppel gegen den Baumstumpf.

„Mach es tot! Mach es tot!" Linusens Stimme überschlug sich.

Inzwischen versuchte ich auf den Rüsselbaum zu klettern. Warum stand der plötzlich hier? Linus war plötzlich auch hier oben. Unten hatte Jarno den morschen Baumstumpf zerschlagen. Matt, schweißüberströmt und völlig außer Atem stand er davor. Den Knüppel hatte er noch in der Hand.

„Das Ding wollte uns umbringen!"

„Es lebt noch! Schnell! In die Kohte!" Linus sprang vom Baum.

Da verlor ich das Gleichgewicht und prallte dumpf auf den Boden. „Die Wurzeln! Schnell!" Jarno und Linus eilten auf mich zu. Es gab einen Schlag und ich fühlte einen gleißenden Schmerz im Oberschenkel. Ich sah hoch. Vor mir war eine Fratze. Sie ähnelte Linus, doch der konnte es unmöglich sein. Ich verstand nicht, was sie sagte. Sie fletsche die Zähne und der Speichel flog mir ins Gesicht.

Da waren riesige Hände. Sie packten mich beim Kragen und schüttelten mich. Ich verstand nichts mehr. Die Hände würgten mich. In Panik boxte nach der Fratze. Die Fratze schrie auf, der Griff löste sich. Ich konnte mich umdrehen und wollte wegkriechen. Es traf mich ein weiterer Knüppelhieb. Diesmal auf dem Rücken. Ich brüllte vor Schmerz. Doch das war noch nicht alles. Hier war alles voller Bucheckerschalen. Die Fruchtbecher schnappten mit ihren vierlappigen Mäulern nach meinen Fingern. Sie bissen zu. Und sie waren überall. Ich konnte mich an irgendetwas aufrichten. Dann hielt ich die Hände vor mich und schrie und schrie. Ich bekam keine Luft mehr. In meinen Ohren pfiff und brummte es. Dann wurde alles wattig und schwarz.

An dieser Stelle wurde ich wieder wach. Es war stockdunkel. Ich musste mich übergeben haben, aber das konnte man im Dunkeln nicht sehen. Nur riechen.

Das verglimmende Kochfeuer ließ sich noch einmal entfachen. Es spendete genug Licht, dass ich meine Stirnlampe aus meinem Rucksack holen konnte. Hier musste noch einiges los gewesen sein. Alles sah zerschlagen aus. Überall lagen unsere Sachen verteilt herum. Sogar der Hortentopf hatte eine Beule. In der Kohte saß Jarno. Er hatte das Gesicht auf die Knie gedrückt und seine Arme um die Beine geschlagen. Er zitterte und weinte.

„Ist alles in Ordnung mit dir?" Er antwortete erst nach ein paar Augenblicken.

„Mein Opa war gerade hier. Er hat gesagt, ich solle keine Angst haben." Ich war verblüfft. Wer war da? Sein Opa?

„Mein Opa ist vor fünf Jahren gestorben."

Langsam begann ich zu verstehen, was hier los war. Es war der Pilz. Er machte wahnsinnig. Ich rief nach Linus und Kolja.

Kolja fand ich nach wenigen Minuten. Zitternd, frierend, ohne Hemd und mit blauen Lippen saß er in einer Astgabel. Wortlos und steif stieg er herab und folgte mir zurück zur Kohte.

Linus war jetzt auch da. Wir machten eine Kerze an und drückten uns aneinander. Dem unterkühlten Kolja hatten wir eine Jacke angezogen und einen Schlafsack drübergelegt. Eine ganze Weile konnte keiner von uns einschlafen. Niemand sprach ein Wort. Ich hatte unglaublichen Hunger und angelte einen der Vorratsbeutel heran. Wir aßen das Brot einfach so. Nie zuvor und nie danach hat so gut und so intensiv geschmeckt.

Erst als es richtig hell war, kamen wir wieder aus der Kohte. Schweigend räumten wir auf und packten alles zusammen. Ich zog mal die Hose herunter und konnte auf meinem Oberschenkel einen geradezu herrlich gefärbten Bluterguss in Form eines Knüppels bewundern. Der Bluterguss und sein Freund auf meinem Rücken grüßten mich bei jedem Schritt.

Ich war komplett zerschunden und zerkratzt, wobei Linus noch schlimmer aussah. Das war aber mit ein, zwei Pflastern auf der Stirn wieder gerichtet.

Wir brachen ohne Frühstück auf und hielten erst auf dem Weg aus Betonplatten, der die ehemalige Grenze markierte, wieder an. Völlig bleich saßen wir in der Herbstsonne. Wortlos kramten wir unseren Proviant hervor.

„Das war ganz schön heftig! Das mit dem Pilz meine ich!", philosophierte ich vor mich hin.

„Ich würde es auch auf den Pilz schieben...", brummelte Linus.

Kolja sah mich kopfnickend von der Seite an.

„Und du", sagte er mit gespieltem Ernst, „furzt nie wieder. Ist das klar?!"

Die Gelbe Riesenkeule oder verzweigte Riesenkeule (Calvariadelphus ramosus) ist ein seltener Pilz aus der Familie der Korallenpilze. Der fleischige Fruchtkörper ist fahlgelb bis kräftig dotterfarben und erreicht eine Höhe von bis zu 20cm. Er neigt zu Verzweigungen und kann dabei ein handähnliches Aussehen annehmen. Er gilt als ungenießbar und enthält starke Halluzinogene.

Philip Schmitz

Der See

Den kleinen See hatte ich schon vor ein paar Jahren entdeckt.

Ich war mit ein paar Freunden von der Waldjugend im Wald unterwegs und wir stromerten durch das Unterholz. Das Gebiet hier gefiel uns besonders gut, denn es lag etwas abseits der Wanderwege, und weil an einigen Stellen Böschungen und Abhänge das Gelände unwegsam machten, führten auch keine Forstwege herein.

Wir hatten uns zu einem Geländespiel getroffen. Dazu legte ich mit Zeichen aus Stöcken und Steinen eine Fährte durch das Gebüsch. Die Anderen sollten folgen und mich suchen. Der Gesuchte musste sich für eine bestimmte Zeit vor seinen Verfolgern verstecken, dann wurden in der nächsten Runde die Rollen getauscht. Solche Schnitzeljagden endeten dann meistens mit einem Versteckspiel und einer wilden Verfolgungsjagd im Dickicht.

Dieses Mal war ich der Gesuchte gewesen und ich hörte schon meine Freunde durch das Geäst brechen. Ich sprang also auf und versuchte, etwas mehr Abstand zu meinen Verfolgern zu bekommen. Leise rannte ich parallel zur Kante an einem Abhang entlang, als ich plötzlich im trockenen Laub abrutschte und den Halt verlor. Ich schlug hin, versuchte noch, mich an irgendwelchen Wurzeln fest zu krallen, aber es half nichts. Auf dem Bauch rutschte ich die steile Kante herunter, überschlug mich ein paar Mal und landete schließlich mit feuchtem Platschen der Länge nach in einem matschigen Bachbett.

Der Aufprall hatte mir zwar die Luft aus den Lungen gepresst, aber ansonsten schien mir nicht viel passiert zu sein. Ich blieb erst einmal eine Weile liegen, bis mein wild klopfender Puls sich beruhigt hatte und ich auch wieder gut atmen konnte. Ein paar blaue Flecke hatte ich und ein Arm war aufgeschürft. Naja, und ich war natürlich total matschig und nass. Ich rappelte mich hoch und wollte einen Weg den steilen Hang hinauf suchen, als ich mich umblickte und mir für einen kurzen Moment der Atem stockte. So etwas hatte ich noch nicht gesehen! Ich war am Ufer eines kleinen Gewässers gelandet. Der See war fast kreisrund und vielleicht zwanzig oder dreißig Meter im Durchmesser. Buchen, Erlen und Ahorne neigten ihre Zweige dem tiefblauen Wasser entgegen und die Sonne schien durch die hellgrünen Blätter auf die Wasserfläche. An der Stelle, wo ich gelandet war, floss ein kleiner Bach aus dem Teich und hüpfte über Stufen und Steine weiter den Hang hinunter. Die übrigen drei Seiten des Sees waren von den steilen Wänden des Abhangs eingefasst. Aber mein Blick wurde wie magisch von dem tiefen Blau des Wassers angezogen. Nahe am Ufer konnte ich Algen und Wasserpflanzen sehen, das Wasser war ziemlich klar. Aber blickte ich weiter zur Mitte, wurde es erst milchig und ging dann immer weiter in ein türkisblaues Leuchten über. Bis es so schien, als würde der ganze See in einem inneren Licht strahlen.

Das Wasser sah so ganz anders aus, als ich es erwartet hatte. Sonst sind Tümpel im Wald ja eher bräunlich oder grünlich, aber solch eine Farbe hatte ich noch nie gesehen. Ich stand einfach nur da und sah mir den kleinen See an. Ich weiß nicht genau, wie lang ich dort blieb. Die Geräusche des Waldes um mich herum schienen von immer weiter weg zu kommen, ich vergaß die Zeit. Nur dieser See war da, ich konnte meinen Blick gar nicht mehr abwenden. Und irgendwie beschlich mich ein merkwürdiges Gefühl. Ich konnte es nicht beschreiben – es war so, als sei noch jemand hier, als würde mich etwas wahrnehmen... irgendwie merkwürdig. Trotzdem war nichts zu sehen, niemand war zu erkennen. Dann endlich nach einer Weile riss ich mich doch von dem Anblick los und kraxelte den Hügel wieder hinauf.

Als ich oben ankam, hörte ich schon meine Freunde rufen, die nach mir suchten. Ich folgte den Stimmen und fand sie auch bald, aber von meinem Erlebnis erzählte ich ihnen nicht. Plötzlich fühlte es sich nicht richtig an, ihnen von dem See zu berichten. Ich hatte das Gefühl, dass dieses Wasser etwas Besonderes war, das besser im Verborgenen bleiben sollte, allein im Wald versteckt. Und in meinen Gedanken. Deshalb murmelte ich irgendwas von „im Dickicht verlaufen", als sie mich fragten, wo ich denn gewesen sei. Das brachte mir natürlich ihr Gelächter ein, aber ich hatte zum Glück auch das Thema gewechselt.

Das muss nun so drei oder vier Jahre her gewesen sein. Ich treffe mich noch immer mit meinen Freunden, aber wir sind nun nicht mehr so oft im Wald. Und die Geländespiele überlassen wir lieber den Jüngeren. Heute aber bin ich allein unterwegs. Ich will sehen, ob ich den See wiederfinden kann. Manchmal, wenn ich meinen Gedanken nachhänge, taucht er vor meinem inneren Auge auf, und ich fühle ein bisschen diese Anziehungskraft des blauen Wassers, wie ich sie damals gespürt habe. Oft sind die Erinnerungen nur kurz, kleine Bilder, oder ein paar Eindrücke von meinem Weg damals zwischen den Ästen der Bäume entlang. Aber gestern Nacht im Halbschlaf war die Erinnerung plötzlich ganz deutlich gewesen: der warme Frühlingswind, die Sonne im hellgrünen Laub, das ganz leise Murmeln des Baches, der Geruch nach feuchtem Ufer und junger Vegetation – all das war plötzlich in meiner Erinnerung ganz frisch und mit Macht aufgetaucht. Beinahe hatte ich gedacht, wieder dort zu sein. Und heute Morgen packte ich deshalb meinen Rucksack: etwas zu trinken, ein Brot, ein paar Klamotten, ein Seil. Immerhin weiß ich noch gut, wie steil der Aufstieg damals gewesen ist.
Ja, hier muss es irgendwo sein. Hier hatten wir damals unser Geländespiel gemacht. Der Wald hat sich seitdem kaum verändert. Junge Schösslinge von Ei-

chen und Buchen recken sich dem Licht zwischen den Stämmen ihrer Vorfahren entgegen. Hier und da steht eine kleine Tanne. Eine raschelnde Schicht trockenen Laubs bedeckt den Boden, es riecht nach sonnenbeschienenem Waldboden und ein bisschen nach Harz. So einen Geruch gibt es nur im Frühling im Wald. Ich folge einer Bodenwelle, plötzlich fällt der Boden steil zu meiner Rechten ab. Schon nach wenigen Schritten versperren junge Bäume und Büsche die Sicht, doch ich spüre, wie mir ein kühler, etwas feuchter Luftstrom aus der Senke entgegenweht. Hier müsste es sein, hier war ich damals heraufgeklettert!

Kurz verharre ich noch und schaue mich um, lausche. Doch ich bin allein im Wald, nur die Vögel singen und der Wind raschelt im Laub. Beherzt hüpfe und rutsche ich den Hang herunter. Schon nach wenigen Schritten kann ich mich an den Zweigen festhalten, so dass meine Fahrt nicht zu schnell wird. Auf diese Weise geht es ganz gut. Beim Gedanken an den deutlich unsanfteren Abstieg damals stiehlt sich ein Lächeln über mein Gesicht. So ist es doch bequemer.

Plötzlich dringt ein schrilles Krächzen an mein Ohr und etwas Hellblaues huscht von hinten kommend an meinem Ohr vorbei. Ich zucke zusammen, ducke mich im Reflex. Doch dann erkenne ich, was mich da verschreckt hat: ein Eichelhäher ist dicht an meinem Kopf vorbeigeschossen und kurvt nun zwischen den Bäumen hindurch. Ich schaue dem Vogel nach. In anmutigen Bögen gleitet er den Hang hinab, steuert auch, wie ich, dem Talkessel entgegen. Gleich entschwindet er meinem Blick... doch halt! Plötzlich hemmt etwas den gleichmäßigen geschwungenen Flug. Der Vogel flattert plötzlich wild mit den Flügeln, stoppt mit offensichtlicher Mühe seine Bahn und fliegt dann mit hektischem Flügelschlag und lautem protestierendem, fast ängstlich wirkendem Geschrei in einer scharfen Kehre nach links. Sein Flug ist nun deutlich schneller, kein entspanntes Gleiten zwischen den Ästen, sondern ein lautes und kräftiges Flattern. Schnell verliere ich ihn aus den Augen. Was war das denn? Ob das Tier sich vor etwas erschreckt hat? Ich spähe nach vorn, doch kann ich nichts erkennen. Der Wald liegt still vor mir, nichts regt sich. Merkwürdig. Ich klettere weiter zwischen den Halbschatten der Bäume und Büsche. Das Vogelgezwitscher, dass mich gerade noch oben am Hang umgeben hat, wirkt nun etwas gedämpft. Wahrscheinlich liegt es an den Hängen hier im Tal, oder an dem Dickicht, durch das ich mich langsam bewege, dass die Vögel nur noch entfernt zu hören sind. Aber weit kann es nicht mehr sein, dort unten glitzert es schon zwischen den Zweigen. Noch ein paar kräftige Sprünge hangabwärts, Laub wirbelt auf, ich rutsche einen halben Meter, dann bin ich unten. Das Unterholz lichtet sich und mir stockt kurz der Atem! Diese Farbe! In tiefem Blau liegt der kleine See vor mir – so, wie ich ihn immer vor meinem inneren Auge gesehen habe, und doch neu und geheimnisvoll. Das hellgrüne Laub, das Sonnenlicht auf den Blättern und der glitzernden Oberfläche, das klare Wasser am Ufer, die sacht wogenden Wasserpflanzen darin. Dann geht der Blick weiter hinaus, wird angezogen von der aufsteigenden Bläue, die irgendwo da unten in Dunkelheit übergehen muss, und die doch scheinbar von einem Leuchten erfüllt ist. Es ist, als hätte ich den See noch nie gesehen, aber irgendwie kommt er mir doch so bekannt vor, als würde ich ihn mein Leben lang kennen.

Ein bisschen anders ist es doch. Ich bin etwas an einer anderen Stelle heruntergekommen, doch das verändert nur leicht die Perspektive. Hier ist das Ufer etwas flacher, die Bäume stehen weniger dicht gedrängt beisammen. Auch die Wasseroberfläche ist anders. Damals, ich weiß es noch, lag sie wie ein Spiegel vor mir. Glatt und makellos. Die Bäume am Ufer spiegelten sich darin, es sah fast aus wie ein Tor. Wie ein Fenster, durch das man schaut, und draußen davor sieht man wieder Bäume und den Himmel darüber. Nur steht alles auf dem Kopf. Ich lächele kurz in mich hinein. Ein verrückter Gedanke, aber irgendwie auch faszinierend. Aber heute ist das Wasser nicht glatt. Kleine Wellen kräuseln die Oberfläche, zersplittern das Spiegelbild in tausend Scherben. Vielleicht ist es der leichte Wind, der das Wasser berührt. Hier zwischen den Bäumen merke ich jedoch nichts davon. Oder ist es etwas Anderes? Mein Blick streicht suchend über das Wasser. Die Wellen bilden große Kreise, gehen alle von einem Punkt aus. Dort hinten ist ein alter Baum ins Wasser gestürzt. Groß und schwer liegt er im See, halb im Wasser versunken. Seine Zweige sind noch grün, aber seine Wurzeln haben in dem matschigen Ufer ihren Halt verloren. Nun liegt der alte Riese da im See, so als würde er nach Luft schnappen. Da drüben muss etwas sein, hier scheinen doch die Wellen her zu kommen. Nach links schleiche ich am Ufer entlang. Vielleicht ist das ein Biber oder sogar ein Otter! So einen will ich nicht verschrecken! Ich lege meinen Rucksack ab.

Vorsichtig pirsche ich weiter. Noch ein paar Schritte, dann müsste man etwas sehen können. Ich kauere hinter einem Baum dicht am Ufer, biege leise mit der Hand einen Ast zur und verharre plötzlich wie erstarrt! Ich spüre, wie mein Gesicht warm wird und ein Kribbeln von meinem Kopf in den Nacken und weiter über den Rücken läuft. Kein Otter sitzt da am Wasser: Es ist eine junge Frau!

Uff! Mit bleibt kurz die Luft weg. Damit habe ich nicht gerechnet! Ich kauere mich tiefer hinter die Zweige und versuche, kein Geräusch zu machen, nicht zu atmen. Ob sie mich gesehen hat? Eigentlich verrückt, warum sollte sie mich denn nicht sehen dürfen? Aber mir ist unwohl dabei. Als würde ich etwas Verbotenes tun. Was sie wohl denkt, wenn ich hier einfach auftauche? Ganz langsam richte ich mich auf, Millimeter für Millimeter. Ich will sie mir etwas genauer ansehen.

Hübsch sieht sie aus! Sie sitzt auf dem gefallenen Baumriesen in der Sonne, die nackten Beine lässt sie ins Wasser baumeln. Wenn sie ihre Füße bewegt, bilden sich die kleinen Wellen, die ich gesehen hatte. Sie wendet mir halb ihr Profil und ihren nackten Rücken zu, blickt auf den See hinaus. Sie trägt einen dünnen Rock, irgendwie grau oder silbern, mit kleinen dunklen Sprenkeln. Er schimmert im Sonnenlicht, manchmal glitzert die Sonne auf dem Stoff. Dazu hat sie schulterlange helle Haare. Die Haarfarbe ist irgendwie seltsam. Je nachdem, wie die Sonne darauf fällt, schimmern sie entweder richtig golden, und dann plötzlich wieder ins silbrige. So etwas habe ich noch nicht gesehen. Wahrscheinlich liegt es an den Reflexionen vom Sonnenlicht. Oder vielleicht spiegelt auch der Teich das Licht zurück. Unter den Zweigen am Ufer tanzen überall Spiegelungen von Sonnenstrahlen.

Ich recke mich etwas höher, um über die Zweige blicken zu können. Mit meinem linken Fuß taste ich auf den feuchten Baumwurzeln nach Halt. Die Sonne scheint schräg durch das Laub und wirft einen hellen Fleck auf den Baum, auf dem sie sitzt. Ihr Oberkörper ist schlank und von der Sonne gebräunt. Lichtflecke spielen darauf. Durch den Stoff ihres Rockes kann ich den Schatten ihres Beines schimmern sehen. Im strahlend hellen Grün erscheinen die Blätter der Zweige, neben denen die sitzt. Ein paar Insekten flattern taumelnd über das Wasser und ihr Blick folgt ihnen. Sie sieht verträumt aus. Kein Lüftchen regt sich hier. Ich - PLATSCH!

Verflixt, ich bin abgerutscht! Auf dem moosigen Baum hat mein Wanderschuh den Halt verloren und nun sitze ich patschnass im knietiefen Wasser. Das Mädchen ist erschrocken herumgefahren und blickt in meine Richtung.

Als sie mich in Wasser sitzen sieht, wie ein begossener Pudel und wahrscheinlich knallrot im Gesicht, beginnt sie zu lachen.

„Na so was, was haben wir denn da? Einen Wassermann, wie es aussieht!" Jetzt ist sie aufgestanden und kommt näher zu mir her. Über die Schultern und ihren Oberkörper hat sie ein Tuch gelegt, von ähnlicher Farbe wie ihr Rock. Trotz ihrer nackten Füße ist sie ziemlich behände auf der knorrigen Borke des Baumes, über den sie anmutig hüpft. Ich versuche, mich hochzurappeln, mache aber im matschigen Ufer keine gute Figur dabei. Und das Wasser ist auch ganz schön kalt. Jetzt steht sie neben mir am Ufer. Obwohl sie vielleicht einen Kopf kleiner ist als ich, schaut sie auf mich hinunter. Die Hände hat sie keck in die Hüften gestemmt und das Kinn herausfordernd vorgestreckt.

„Schleichst du dich immer an fremde Leute heran?" Trotz ihrer herausfordernden Worte umspielt ein Lächeln ihre Lippen. Von nahem betrachtet sieht sie noch umwerfender aus. Sie hat große, dunkle Augen, die im Sonnenlicht glitzern. Auf ihren Wangen haben sich durch ihr Grinsen zwei Grübchen gebildet. Ihr Hals ist schlank, die Haut an Hals und Schultern von der Sonne gebräunt und unter dem Stoff des Tuches zeichnen sich zwei wundervolle runde Brüste ab. Du meine Güte! Ich merke, wie mir noch mehr Wärme ins Gesicht steigt.

„Ich – äh...", stammle ich und möchte sofort hier im Schlamm versinken. Wunderbar! Jetzt hält sie mich nicht nur für einen Spanner, sondern auch noch für einen Trottel. Das Mädel mustert mich noch einen Augenblick schmunzelnd.

„Also gut", sagt sie, „Ich helfe dir raus, und du sagst mir, was du hier machst." Sie steckt mir ihre Hand entgegen und ich greife dankbar danach.

„Ich wollte nur zum See. Ich wusste ja nicht, dass hier jemand ist." Inzwischen stehe ich tropfend am Ufer. Der Griff ihrer Hand, mit der sie mir herausgeholfen hat, ist überraschend kräftig.

„Ah, ich dachte du wolltest zu mir. Hier kommen ja nicht so oft Leute her – an meinen See!" Jetzt umspielt wieder ein schelmisches Lächeln ihre Züge, so dass ich ihre weißen Zähne hinter den leicht geöffneten Lippen schimmern sehen kann. Ich fühle mich inzwischen auch nicht mehr ganz so trottelig und so manche ich das Spiel mit.

„Dein See? Das wusste ich ja gar nicht!" Ich deute eine Verbeugung an. „Dann bitte ich um Erlaubnis, euer Reich betreten zu dürfen, Mylady!" Als ich es noch ausspreche, kommt mir der Spruch total albern vor. Andererseits habe ich nun endlich einen Weg gefunden, mich mit ihr zu unterhalten. Und vielleicht ein bisschen zu flirten.

„Sagt mir doch euren Namen, holde Frau! Wie soll ich euch nennen?" Jetzt schaut sie mich giftig an und spritzt Wasser in meine Richtung.

„Red' doch nicht so geschwollen! Ich heiße Undine."

„Undine? Das klingt aber komisch. - Ich meine, es klingt hübsch!", beeile ich mich hinterherzuschieben, als sie mich wieder scheinbar empört ansieht. „Ich meine nur, das ist jetzt kein typischer Name. Klingt irgendwie, äh, griechisch?" Ich runzle die Stirn.

Undine zuckt mit den Schultern, wobei ihr Tuch etwas verrutscht und ich kurz einen Blick auf die Rundung ihres Busens erhaschen kann.

„Kann schon sein. Das ist eben mein Name. Und wie heißt du?" Ich nenne ihr meinen Namen, während wir nebeneinander am Ufer entlang schlendern und auf den Baum zu gehen, auf dem sie vorhin saß. Dann schaut sie mich an.

„Wohnst du hier in der Gegend?"

„Na klar", antworte ich. „Nur ein Dorf weiter, vielleicht drei Kilometer von hier. Und du?"

Sie schaut mich an. Meine Güte, diese Augen!

„Ja, ich wohne hier in der Nähe. Ist nicht weit", antwortet sie ausweichend. Dann bleibt sie stehen und schaut mir ins Gesicht. „Also?"

Ich runzle die Stirn. Sie schafft es irgendwie schon wieder, mich zu verwirren.

„Was meinst du?" frage ich.

„Das war unsere Abmachung: ich ziehe dich heraus, und du sagst mir, warum du hier bist. Immerhin kommen sonst nicht so viele wie du hierher."

„Ach so, ja. Hm, ich war früher schon mal hier. Aber nur kurz. Ich hatte mit ein paar Freunden ein Geländespiel gemacht, da hab' ich den See gefunden. Und er ist mir in Erinnerung geblieben. Das Wasser ist so..." Ich suche nach Worten. Undine lässt den Blick über den Spiegel des Wassers gleiten. Jetzt, wo sich keine Wellen mehr bilden, liegt er klar und still da. Die Bäume am Ufer spiegeln sich perfekt, der blaue Himmel geht ins Blau des Wassers über.

„Man weiß gar nicht, welches das Bild und welches die Wirklichkeit ist." Undine sieht mich an, sie steht jetzt ganz nah vor mir.

„Ja", pflichtet sie mir bei. „Als ob da unten eine ganz eigene Welt wäre." Ihr Rock schimmert silbrig im Sonnenlicht, sie kommt noch ein Stückchen näher. Ich würde gern meine Hand auf ihren Arm legen, aber das traue ich mich dann doch nicht. Los, sag irgendwas! Ich schlucke, habe plötzlich einen Kloß im Hals.

„Naja, da ist ja auch eine eigene Welt, irgendwie. Algen gibt's da, Wasserpflanzen, Plankton, und davon ernähren sich dann die Fische." Ich strahle sie an. „Das haben sie mir rauf und runter eingebläut, als ich den Angelschein gemacht habe."

Undine fährt auf, wie von der Tarantel gestochen.

„Was? Du bist auch so einer?" fragt sie mit scharfer Stimme. Sie schubst mich grob von sich. Beinahe wäre ich wieder ins Wasser gefallen. Ich bin wie vor den Kopf gestoßen.

„Was meinst du denn? Ich hab' doch gar..."

„Du! Du bist auch einer von diesen Fischfängern! Ihr könnt nichts in Ruhe lassen! Alles müsst ihr euch nehmen und zerstören und in Unordnung bringen! Das ist immer das Gleiche!" Du meine Güte, die ist ja auf einmal richtig sauer. Ihre Augen sprühen vor Zorn.

„Nein, du verstehst mich falsch! Ich angle doch gar nicht." Ich versuche, die Wogen wieder zu glätten.

„Ich habe den Kurs damals nur geschenkt bekommen und dann habe ich teilgenommen, weil mich das interessiert. Ich esse eigentlich gar keinen Fisch!" Das war nicht ganz wahr, aber scheint sie wieder etwas zu beruhigen.

„Wirklich? Oder sagst du das nur so? Ich hatte gedacht... Ich hatte gehofft, dass du vernünftig bist."

Jetzt schaut sie mir direkt ins Gesicht. Sie hält den Kopf leicht gesenkt, blickt mich durch lange Wimpern hindurch an. Die Sonne glitzert in ihren großen, dunklen Augen und schimmert auf ihren Haaren. Ich bekomme schon wieder Beklemmungen auf der Brust.

„Du musst mir versprechen, dass du so etwas nicht machst!" fordert sie. Meine Güte, die ist ja ganz schön vehement. Wahrscheinlich ist sie Vegetarierin, oder so.

„Keine Sorge. Ich geb' dir mein Ehrenwort, dass ich nicht angeln gehe!"

Etwas verrückt komme ich mir ja schon vor, aber wenn das die Stimmung rettet, verspreche ich ihr alles. Jedenfalls scheint es zu funktionieren. Undine zupft sich ihr Tuch über ihren Schultern zurecht. Mit wird wieder bewusst, dass sie darunter gar nichts anhat. Plötzlich nimmt sie meine Hand und führt mich ein paar Schritte ins Wasser. Mir wird der Mund trocken. Mit wiegenden Hüften macht sie noch ein paar Schritte vom Ufer weg, die kleinen Punkte auf ihrem silbrigen Rock funkeln im Sonnenlicht. Beinahe sieht es aus wie Reflexionen von Sonnenstrahlen, die durch Wellen brechen und in einem Bachlauf spielen. Das Wasser spritzt kurz auf, als sie ihre Füße hineinsetzt. Jetzt stellt sich Undine vor mich, sie nimmt meine beiden Hände in ihre. Das Wasser ist kalt, umfließt langsam meine Beine.

„Das ist schön, dass du das sagst. Komm, ich will dir etwas zeigen." Ihr Gesicht kommt nah an meines. Das Tuch über ihren Schultern ist an der Brust wieder auseinander gerutscht, aber das scheint ihr nichts auszumachen. Ich kann ihren Atem auf meiner Haut spüren. Du meine Güte, mir schlägt das Herz bis zum Hals. Noch ein paar Zentimeter und dann...

Plötzlich trifft mich ein Schlag auf die Brust und etwas fegt mir die Beine weg. Ich stürze rücklings in den Teich. Ich kann kaum nach Luft schnappen, da liege ich auch schon im See und das Wasser schlägt über mir zusammen. Prustend und strampelnd komme ich wieder an die Oberfläche, ich muss husten. Da sehe ich Undine mit hellem Lachen und ein paar langen Sätzen ans Ufer springen.

„Dazu musst du mich aber erst fangen!" ruft sie mir lachend über ihre Schulter zu.

„Du... Biest!" knurre ich durch die Zähne und setze ihr nach.

Zwar ist es eigentlich nicht so schlimm, zum zweiten Mal an einem Tag in den See zu fallen, aber das will ich ihr trotzdem heimzahlen. Wassertropfen spritzen hinter ihr und um sie herum auf, als sie durch das knietiefe Wasser rennt. Die Sonnenstrahlen verwandeln das Wasser in einen Sprühnebel von glitzernden Diamanten. Ihr gesprenkelter Rock, der eng um ihre Hüfte liegt, ist darin kaum noch zu erkennen. Die Wasserpflanzen am klaren Ufer neigen sich im Wasserschwall zur Seite, wie Bäume in einem Sturmwind, sie wogen und wiegen sich. Jetzt ist Undine am Ufer angelangt und kommt mit einem Sprung aufs Land. Ihr schlanker Rücken biegt sich unter einen Zweig und sie verschwindet für einen Augenblick hinter einem Gebüsch. Doch ich bin ihr hart auf den Fersen! Ihr klingendes Lachen schallt vor mir durch den Talkessel. Da! Ein Aufblitzen von heller Haut zwischen den Blättern. Die huscht von Busch zu Busch, von Schatten ins Licht und wieder in Schatten. Fast ist sie im wechselnden und flackernden Sonnenlicht nicht zu sehen, doch ich bleibe immer hinter ihr. Ich bin in meinem Element, hier kann sie mir nicht entkommen! Noch drei, vier Sätze, dann habe ich sie. Undine ist vor mir auf den Stamm des gefallenen Baumes geklettert, wo ich sie zum ersten Mal gesehen habe. Sie klettert vom Ufer weg, hinaus auf den See. Ihr Rock ist schlammbeschmiert und klebt an ihren Beinen, aber sie grinst übers ganze Gesicht.

„Fang mich, wenn du kannst!" Ihre Stimme klingt hell und herausfordernd. Das lasse ich mir nicht zweimal sagen. Ich setze einen Fuß auf den Stamm, dann den anderen. Ganz leicht wiegt sich der Riese im Wasser, aber er versinkt nicht. Ich nähere mich Undine, sie steht vor mir auf den letzten Zweigen, die noch aus dem Wasser ragen. Ihr Atem geht schnell. Wassertropfen auf ihren Schultern und ihrem Gesicht funkeln wie Perlen. Ich stecke die Hand nach ihr aus.

„Hab ich dich erwischt…" Sie wirbelt herum.

„Zu früh gefreut!" Mit einem weiten Kopfsprung, die Arme weit nach vorn gestreckt, stürzt sich Undine mitten in den See. In meiner Hand bleibt nur das silbrige Tuch von ihrer Schulter zurück.

Ich muss kurz diesen Feuereifer und ihre Behändigkeit bewundern, doch ich verliere keine Zeit und springe hinterher. Ich will nicht auf sie prallen, deshalb wende ich mich etwas nach links von der Stelle, wo die Luftblasen ihres Sprunges noch an die Oberfläche steigen. Dann umfängt mich das tiefblaue Wasser. Es ist kalt! Ich öffne die Augen. Zuerst kann ich nichts erkennen. Um mich herum wirbeln Luftblasen, das intensive Blau um mich herum, hier und da gesprenkelt mit Flecken von dunklem Grün, verliert sich bald in Dunkelheit. Ich kann keine Entfernungen schätzen, kann nichts sehen, woran mein Blick hängen bleiben könnte, es gibt kein Oben und kein Unten. Auch Undine sehe ich nicht. Ich bin offenbar tiefer ins Wasser getaucht, als ich wollte. Ich halte inne und konzentriere mich auf ein paar Luftblasen, die an mir vorbei taumeln. Ok, da ist also oben. Nun muss ich erst einmal an die Oberfläche und dann…

Etwas Großes und Starkes trifft mich in den Rücken, presst mir die Luft aus den Lungen. Ich werde herumgewirbelt, verliere wieder Oben und Unten. Verdammt, ich kriege keine Luft! Ich mache ein paar hektische Schwimmstöße. Wohin muss ich? Wieder trifft mich etwas, diesmal am Bein. Es ist nachgiebig, doch auch fest, hat eine glatte Oberfläche, wie…

Schuppen? Ich stutze. Was soll das denn bitte sein? Klar, es gibt große Fische bei uns. Welse können fast zwei Meter groß werden, aber die leben doch nicht in so einem kleinen Tümpel.

Ich sehe mich um, es ist nichts zu erkennen. Nur tiefes Blau. Langsam geht mir die Luft aus, meine Lungen brennen, Lichter beginnen in meinem Sehfeld zu tanzen. Verflixt, wo ist die Oberfläche? Hektisch schlage ich um mich. Mensch, beruhige dich! Ruhig bleiben! Wo ist oben? Ich atme etwas von meiner letzten, kostbaren Luft aus um mich zu orientieren und folge den Blasen mit meinem Blick nach oben. Meine Lungen sind zum Zerreißen gespannt, tun höllisch weh. Aber jetzt habe ich ein Ziel und strebe hoch zur Luft! Als ich beinahe die Wasseroberfläche erreicht habe, wirbelt mich wieder etwas herum, trifft mich dieses Mal aber nicht. Diesmal ist es nur der Wasserdruck, aber der ist schon kräftig genug.

Ich komme nach oben und schnappe mit aller Kraft nach Atem. Geschafft! Die Luft ist köstlich! Das kalte Wasser zieht an mir, ich habe Schwierigkeiten, an der Oberfläche zu bleiben. Ich schlage und strample mit Armen und Beinen, kann mich so irgendwie über Wasser halten. Was war denn das für eine bescheuerte Idee von mir, mit Hose und Wanderschuhen ins Wasser zu springen?!

Plötzlich taucht Undine neben mir auf. Ihre goldenen Haare kleben eng am Kopf, glitzernde Wassertropfen zieren ihre Schultern und Dekolleté. Sie lächelt mich an, ihre Zähne sind irgendwie klein und spitz und glitzern wie Perlen. Unter Wasser spüre ich wieder diese starke Bewegung von etwas und diesen Sog an den Beinen. Ich habe Schwierigkeiten, an der Oberfläche zu bleiben.

Undine allerdings hat kein bisschen Schwierigkeiten. Grazil und beinahe schwerelos schwebt sie vor mir im Wasser, muss nicht mit den Armen rudern und wedeln, wie ich. Sie steckt ihre schlanken Arme aus, umfasst mein Gesicht mit beiden Händen und nähert sich mir. Warum hat sie keine Probleme, hier zu schwimmen? Sie ist offenbar voll in ihrem Element. Ihre großen dunklen Augen schauen direkt in meine.

„Komm mit mir, ich will dir etwas zeigen!" flüstert sie wieder, dann berühren ihre Lippen sanft die meinen und ihre Kuss nimmt mir den Atem. Sie legt ihre Arme um mich. Etwas Großes wogt und bewegt sich kraftvoll unter der Wasseroberfläche. Langsam versinken wir in dem tiefen Blau des Sees. Das Licht schwindet. Um uns herum ist nur noch wirbelndes Wasser, ich spüre ihre Hände an meinem Gesicht, ihren Mund an meinem und eine wirbelnde, kräftige Berührung, wie von großen Schuppen an meiner Haut.

Dann umfängt uns kühle Dunkelheit.

Fahrten, Ferne, Natur,
Abenteuer deines Lebens

Weinbacher Wandervogel
www.wwv-web.net

Kennst Du schon ...
ᴅᴇʀ Lᴇɪᴇʀᴍᴀɴɴ

Das ist die Jahresschrift des Weinbacher Wandervogels. ᴅᴇʀ Lᴇɪᴇʀᴍᴀɴɴ berichtet jeweils einmal am Ende des Jahres aus dem Bundesgeschehen. Jungs und Ältere schreiben darin über Fahrten, Erlebnisse, aber auch über das, was sie selbst und uns bewegt. Auch mit selbstgeschriebenen Gedichten, Liedern, und Zeichnungen.

Gegen einen kleinen Obolus senden wir gerne ein Exemplar zu, solange die Bestände reichen. Erhältlich bei:

Weinbacher Wandervogel
Klein-Weinbach 11
35796 Weinbach

www.weinbacher-wandervogel.net
bund@weinbacher-wandervogel.net

IBAN:DE57 5019 0000 0000 7842 22 ● *BIC:FFVBDEFF Frankfurter Volksbank*

Inhaltsverzeichnis